와인에 몹시 진심입니다만,

와인에 몹시 진심입니다만,

1판 1쇄 발행 2021년 3월 22일
1판 6쇄 발행 2023년 9월 23일

지은이   임승수
발행처   (주)수오서재
발행인   황은희, 장건태
책임편집   마선영
편집   최민화, 박세연
마케팅   황혜란, 안혜인
디자인   권미리
제작   제이오
주소   경기도 파주시 돌곶이길 170-2 (10883)
등록   2018년 10월 4일(제406-2018-000114호)
전화   031)955-9790
팩스   031)946-9796
전자우편   info@suobooks.com
홈페이지   www.suobooks.com
ISBN   979-11-90382-35-9 (03810) 책값은 뒤표지에 있습니다.

ⓒ임승수, 2021
이 책은 저작권법에 따라 보호받는 저작물이므로 무단전재와 복제를 금합니다.
이 책 내용의 전부 또는 일부를 사용하려면 반드시 저작권자와 수오서재에게
서면동의를 받아야 합니다.

와인에
몹시 진심입니다만,

김옥선 지음

슬기로운
방구석 와인 생활

수오서재

차 례

2 장

맨정신에 어찌 살 수 있겠는가

---

3 장

이토록 무궁무진한 와인의 세계

한동안 술에 대해 좋은 기억이 없었다. 첫 만남부터가 그다지 유쾌하지 않았으니까. 1993년에 대학교에 입학하니 신입생 환영회에서 '사발식'이란 걸 했다. 일종의 통과의례였는데, 거대한 짜장면 사발에 막걸리를 넘칠 듯 말 듯 찰랑찰랑 채워놓고는 단숨에 들이키라는 게다. 내가 마시는 척하며 술을 흘릴까 봐 한 선배가 능숙하게 사발 하나를 밑에 받치던데, 당신들은 다 촘촘한 계획이 있었구나. 바로 이어진 소주 삼배주. 에휴… 글을 쓰면서 당시 장면을 떠올리니 당겨진 방아쇠에 총알이 튀어 나가듯 장탄식이 나온다.

은연중 그 문화에 젖어 든 나는 이듬해 사발식 시범 조교로 활약했지만, 솔직히 술이 맛있다고 느껴본 적은 없었다. 그냥 분위기 맞춰 취하게 만드는 게 술의 기능이자 역할이라고만 여겼다. 대체로 맛은 쓰고 불편했지만, 뭐 얼큰하게 취해서 와자지껄 떠드는 것 자체는 나름 흥겨웠으니까. 하지만 공대 대학원을 졸업하고 적성에 맞지도 않은 직장생활 및 사회생활을 하면서 각자도생의 스산한 인간관계에 치이니, 알코올 기운 빌린 억지웃음이 난무하는 분위기에 불편한 감정을 느끼게 되었다.

안 그래도 맛있다고 느껴본 적도 없는데 그 사회적 기능성과 역할까지 상실하니, 술은 내 인생에서 그 존재감을 시나브로 상실해갔다. 그동안 내 인생도 많이 달라졌다. 대학원에서 반도체 소자를 전공한 경력을 살려 연구원으로 일하던 나는, 5년 남짓의 직장생활을 그만두고 사회과학 분야의 책을 쓰는 작가로 변신했다. 직장 시절만큼 안정적인 수입이 보장되지는 않지만, 좋아하는 일을 하니 다행히 삶에 활력이 넘치기 시작했다. 삶의 지향과 가치관을 공유할 수 있는 사람들과 새로이 인간관계를 맺으니, 알코올 기운이 넘치는 술자리에서 다시 흥겨움을 발견하게 되었다. 다만 여전히 술이 맛있다고 느껴지지는 않았다. 그저 휘청휘청 흐느적거리는 분위기에 젖어 들 뿐.

그러다가 서력 2015년 9월 6일(나에게는 와인력 1년 1월 1일) 우연히 한 와인을 만나고 그 풍미와 매력을 아는 몸이 되었다. 성경에 따르면 사도 바울은 원래 예수 믿는 이들을 비난하고 핍박하던 사람이었다고 한다. 그랬던 이가 신비로운 종교 체험 후 목숨을 걸고 예수의 복음을 전파하는 사도로 변신했다는데, 와인이 종교라면 내가 딱 사도 바울이구나. 신(술)을 믿지 않고 꺼리던 내가 특정 신(와인)을 접하고 신비로운 체험을 통해 진심과 성심을 다해 귀의하게 되었으니.

　이 책은 와인교에 귀의한 한 사내의 좌충우돌 신앙생활을 솔직담백하게 담고 있다. 첫 만남의 그 신비로운 체험에서 시작해 고진 박해(아내의 등짝 스매싱)와 경제적 어려움(가산탕진)을 이겨내며 자신의 믿음을 견지하는 신실한 성도의 모습을 거짓없이 유쾌하게 그려낸다. 우리가 믿는 신(와인)은 극도로 섬세한 쾌락주의자이기 때문에 그 은혜를 온전히 영접하기 위해서는 필수적으로 숙지해야 할 교리와 십계명이 있다. 그것을 제대로 따르지 않으면 신은 절대로 우리에게 진정한 모습을 드러내지 않는다는 것을 수백 회의 영적 체험을 통해 몸소 확인했다. 이미 신을 영접한 이들에게는 이 책이 훌륭한 간증서가 될 것이며, 이제 갓 신도가 된 이들에게는 실질적이고 실용적인 안내자가 되리라 믿어 의심치 않는다.

　대학 시절 공학도였던 나는 마르크스의 《자본론》을 읽고 천지가 개벽하는 충격을 받았다. 그 영향이 학창 시절을 넘어 직장생활 내내 계속되어, 결국에는 연구원 생활을 때려치우고 마르크스주의자로서 사회과학 서적을 저술하는 작가가 되었다. 그런데, 그 마르크스 《자본론》에 버금가는 충격을 준 것이 바로 와인이다. 내가 마르크스주의자로서 말과 글로 진보적인 사상을 전파하듯, 와인교 사도가 되어 신의 매력을 알리려 책까지 쓸 것이라고는 단 한 번도 생각해 본 적이 없다. 내 인생, 내가 생각해도 참 재밌다.

이 책이 독자들의 슬기로운 와인 생활에 조금이나마 도움이 된다면 저자로서 그보다 더 큰 기쁨은 없을 것이다. 마음 같아서는 독자 한 분 한 분과 와인으로 건배를 나누고 싶지만, 여건상 그럴 수 없음을 이해 부탁드린다.

어젯밤 마신 피노 그리지오의 여운을 음미하며

임승수

가산탕진형
와인 애호가의 삶이 시작됐다

1장

좋아한다는 것은
일종의 돌발 사고다

패너 애쉬 윌라멧 밸리 피노 누아 2007

Penner-Ash Willamette Valley Pinot Noir 2007

정확히 2015년 9월 6일부터 와인을 좋아하게 됐다. 일반적으로 누군가(무언가)를 좋아할 때, '나는 몇 월 며칠부터 그 사람(물건)을 좋아할 거야'라고 결심하지는 않는다. 좋아한다는 것은 일종의 돌발 사고다. 열대 섬에 몰려오는 태풍처럼, 그 순간은 예기치 않게 다가온다.

그날 아내와 고양시 일산서구의 이마트타운을 방문했다. 이마트타운은 그해 6월에 개장한 대형 쇼핑몰인데 (주)신세계에서 야심 차게 준비한 매장이라 개장 전부터 언론에서 크게 다뤘다. 무늬만 서울일 뿐 인근 경기도 광명보다도 집값이 싼 금천구 독산동 거주민은 부촌인 고양 일산에 새로 등장한 메가 쇼핑몰이 무척 궁금했다. 개장 후 1년간 이마트타운을 방문한 사람 중 20km 이상의 원거리 방문자가 38%에 이른다는데, 자동차로 33.8km를 이동해 도착한 우리 가족도 그중 네 명이었다.

여느 때처럼 억척스럽게 쇼핑 카트를 밀며 이동 중이었다. 와인 매장이 있는 곳을 지나는데 불현듯 호기심이 발동했다. '손대면 집안 거덜 나는 취미가 카메라, 오디오, 와인이라던데 그렇게 와인이 맛있나?' 만화 《신의 물방울》을 보면 등장인물들이 와인을 마시며 맛과 향에 대해 기막힌 표현을 쏟아내던데,

진짜 그런가?' 일부러 맛집 찾아다니기를 좋아하는 미식가이지만 당시에 술은 거의 입에 대지 않았다. 소주나 맥주가 맛있다고 느껴본 적이 없기 때문이다. 그런데 사람들이 술 중에서 유독 와인에 대해서는 상찬을 늘어놓으니 기본적으로 궁금함이 있었다.

매장을 찬찬히 둘러보는데 따로 잘 보이도록 세워둔 와인이 눈에 들어왔다. 미국 오리건주에서 생산된 피노 누아 품종의 포도로 만든 패너 애쉬 윌라멧 밸리 피노 누아Penner-Ash Willamette Valley Pinot Noir 2007이었다. 패너 애쉬Penner-Ash는 와인 제조사, 윌라멧 밸리Willamette Valley는 포도 재배지역, 피노 누아Pinot Noir는 포도품종, 2007은 포도 수확 연도다. 지금이야 라벨에 인쇄된 문자의 의미를 해석할 수 있지만, 당시는 까막눈이었다. 정가 20만 원에 줄을 쫙 긋고 할인가 5만 원이라고 써놨으니 무려 75%에 달하는 할인율에 주목했을 뿐이다. 그냥 정가 5만 원이었다면 되레 비싸다고 안 샀겠지. 와인 정가란 것이 얼마나 허무맹랑한지 알게 된 지금이라면 그런 낚시질에는 눈길도 안 주었을 텐데.

쭈뼛대는 내 모습을 포착하고는 와인 수입사에서 파견 나온 직원이 접근했다. 참고로 마트의 와인 매장에서 일하는 분들은 대체로 와인 수입사 소속이다. 결국 직원의 친절한 응대로 할인가 5만 원의 그 와인을 구입했는데, 내가 와인 초짜임을 파악한 직원은 신신당부했다.

"와인을 드시기 30분 전에 냉장고에 넣으세요. 와인은 온도에 따라 맛과 향이 달라지거든요. 그리고 꺼내서 바로 드시지 말고 코르크를 연 후 최소 30분 정도 기다렸다가 천천히 드세요. 와인은 공기와 접촉하면서 맛이 점차 부드러워지거든요."

지금이야 레드 와인, 화이트 와인, 스파클링 와인에 따라 시음 적정온도가 다르며, 온도가 변하면 맛과 향이 천양지차로 달라진다는 사실을 경험을 통해 생생하게 알고 있다. 특정 와인의 경우 코르크를 열고 와인을 공기와 접촉시키며 최소 대여섯 시간 이상 기다려야 제맛을 느낄 수 있음도 숙지하고 있다. 그렇지만 당시에는 뭔 술을 그렇게 까다롭게 마셔야 하나 싶었다. 어쨌든 5만 원이라는 거금을 주고 샀으니, 실수하지 않기 위해서라도 직원의 지시대로 했다.

역시나 만화《신의 물방울》에서처럼 갑자기 눈앞에 멋들어진 초원이 펼쳐지거나 웅장한 그리스 파르테논 신전이 모습을 드러내지는 않았다. 여기까지는 예상대로다. 그런데 후각세포와 미각세포의 활동이 심상치 않았다. 세포들은 와인이라는 외부 대상으로부터 받은 자극을 평소처럼 부지런히 전기신호로 바꿨다. 생성된 전기신호는 신경계통을 타고 뇌에서 후각과 미각을 담당하는 영역으로 전달되었는데, 뇌 속 뉴런들이 이 신호를 토대로 내린 결론은 '믿을 수 없도록 맛있다'였다. 지금까지 맛에 관한 한 인생을 헛살았구나 싶은 생각이 들 정도였다.

이 순간부터 가산탕진형 와인 애호가의 삶이 시작됐다. 누군가(무언가)를 좋아한다는 것, 사랑한다는 것은 이성이 고장 나는 것이다. 남편과 아내 모두 글 팔아 근근이 먹고사는 작가 부부 주제에 몇 년째 꾸준히 (비싼 놈도 포함해서) 와인을 마셔대는 것은, 적어도 와인에 있어서는 이성이 정상적으로 작동하지 않기 때문이다.

경험이 축적되니 언어에 변화가 일어났다. 아이가 조아(좋아), 시져(싫어)로만 세상을 표현하듯, 초반에는 이 와인 '진짜 맛있다'고 감탄만 했다. 하지만 몇 년이 지난 후 와인의 풍미를 과일

향, 바닐라 향, 담배 향, 젖은 낙엽 향, 흑연 향 같은 구체적인 단어로 표현하게 되었다. 칠레 와인 특유의 풀냄새, 미국 나파 밸리 와인 특유의 초콜릿과 연유 느낌 등을 이해하게 되었다. 여전히 모르는 것투성이지만, 그래도 와린이가 자라서 키가 5cm 정도는 커졌다.

사랑에 빠지고 4년이 넘은 2019년 11월, 문득 '첫 와인'이 떠올랐다. 사춘기 시절의 첫사랑을 성인이 되어 다시 만나고 싶은 심정이 이와 비슷할까? 그동안 경험치를 쌓으면서 단맛 나는 미국 피노 누아보다는 달지 않은 프랑스 피노 누아를 더 선호하게 되었는데, 지금 다시 마셔도 과연 예전처럼 매력을 느낄 수 있을까? 아니면 실망감만 남을까? 내 마음은 이미 다시 만나는 쪽으로 결론이 나 있었다.

단골 매장인 김포 떼루아 와인 아울렛과 이마트 영등포점 와인 매장에 문의했지만 두 곳 모두 패너 애쉬 윌라멧 밸리 피노 누아 2007의 재고가 없었다. 수입사 페이스북 페이지로 연락을 취했으나 답이 없어서 전화도 걸었지만 받지 않았다. 답답한 마음에 지푸라기라도 잡는 심정으로 네이버 카페 〈★와쌉★ 와인 싸게 사는 사람들〉의 게시판에 문의했는데, 감사하게도 고양

스타필드 PK마켓의 와인 매장에서 재고 한 병을 확인했다는 댓글이 달린 것 아닌가. 누가 채 가기 전에 얼른 방문해 남은 한 병을 냉큼 구매했다.

미국 오리건주에서 2007년에 수확한 포도로 만든 와인이니 원재료인 포도가 생산된 지도 벌써 12년이 지났다. 여타 품종과 비교해 유독 섬세하고 예민한 피노 누아로 만든 와인이니 과숙성 및 변질 가능성에 걱정도 됐다. 어쨌든 와인을 영접하는 양상은 4년 전과는 확연히 달라졌다. 마시기 전 냉장고 30분이 아니라 와인셀러에서 적정온도로 보관했으며 안주도 궁합이 잘 맞는 소고기구이를 준비했다. 와인 마시는 이의 코와 혀도 4년 전과는 비교할 수 없을 정도로 성장했고.

와인을 열다가 코르크가 부러져서 윗부분만 딸려 올라왔다. 오래 된 와인의 경우 코르크가 부러지는 경우가 종종 있다. 처음이라면 당황했겠지만 이미 수차례 경험한 일이라 침착하게 코르크 부스러기를 털어낸 후 남은 코르크를 병 안으로 밀어 넣었다. 와인을 천천히 따라서 디캔터로 옮기고, 디캔터의 와인을 다시 와인 잔에 부었다. 코르크 가루가 소량 떠다니기는 했으나 무시하고 향을 음미하며 천천히 마셨다.

4년 전과 비교해 과실 향은 약해졌지만 숙성된 와인 특유의 구수한 풍미가 올라오는데, 고성에 거주하는 중년 귀부인의 자태를 연상시킨다. 젊은 시절의 넘치는 생명력은 찾아보기 어렵지만, 연륜에서 우러나오는 우아함이 그 빈 곳을 채운다. 세월이 지나 첫사랑을 만나면 종종 실망하기도 하는데, 4년 만에 재회한 첫 와인은 다소 나이가 들었지만 여전히 아름답고 오히려 더욱 기품 있는 모습을 보여주었다.

문득 미국 오리건주의 2007년 포도 작황이 궁금해서 미국 오리건주 피노 누아 관련 빈티지 차트를 찾아보았다. 뭐? 84점이라니! 1996년의 83점 이후로 가장 낮은 점수 아닌가. 2006년 91점, 2008년 94점과 비교하면 얼마나 포도 작황이 안 좋았는지 알 수 있다. 게다가 와인 평가 사이트 셀러트래커cellartracker에 명기된 이 와인의 2007 빈티지 시음 적기는 2011부터 2015년까지로 나온다. 이 정보로 판단하자면, 시음 적기를 무려 4년이나 지난 것이다. 최근 와인 매장에서 이 와인을 처음 만났다면 빈티지도 안 좋고 시음 적기도 지났다고 판단해 구매하지 않았을 것이다. 결국 이 우아한 귀부인을 만나지 못했을 테지. 역시 점수는 참고사항일 뿐, 맹신할 필요는 없다.

물론 이러한 평가 또한 '나'라는 한 인간의 지극히 개인적이고 주관적인 판단일 것이다. 아무렴 어떤가 결국 '내'가 마시는데. 가끔은 예전에 경험한 와인을 다시 마셔봐야겠다. 어린 시절 동무들을 만나러 동창회에 나가는 그 아련하고 따뜻한 감정을 와인에서도 기대할 수 있을 테니.

무슨 맛으로 먹느냐
묻는다면

루이 마티니 나파 밸리
로트 넘버 원 카베르네 소비뇽 2012
Louis M. Martini Napa Valley
Lot No.1 Cabernet Sauvignon 2012

"와인 그거 떫고 쓰던데 무슨 맛으로 먹나?"

예전에 딱 내가 하던 말이다. 큰맘 먹고 몇만 원대 와인을 구매해 기대감에 부풀어 개봉한다. 와인 잔이 없어서 종이컵에 부어 소주나 맥주 마시듯 들이켜는데, 이런 젠장! 더럽게 비싼 게 떫고 쓰기만 하다. 뭐하러 이렇게 맛없는 술을 비싼 돈 주고 마실까? 역시 와인 마시는 놈들은 죄다 허세구나! 허탈감에 푸념한다.

당황스럽겠지만, 숙성 잠재력이 뛰어난 고급 와인일수록 사서 바로 마시면 떫고 쓰다. 나 역시 동일한 경험이 있다. 때는 2015년 10월 18일 일요일 저녁, 그러니까 와인에 빠지고 한 달 남짓 지난 시점이다. 늦게 배운 도둑질이 밤새는 줄 모르는 딱 그런 시기였다. 좀 더 비싸고 좋은 와인을 추천해달라는 나의 굳건한 요청에 와인 매장 직원은 이 와인을 추천했다.

루이 마티니 나파 밸리 로트 넘버 원 카베르네 소비뇽 2012
Louis M. Martini Napa Valley Lot No.1 Cabernet Sauvignon 2012

루이 마티니Louis M. Martini는 와인 제조사, 나파 밸리Napa Valley

는 포도 재배지역, 로트 넘버 원Lot No.1은 선별된 좋은 포도를 의미하고, 카베르네 소비뇽Cabernet Sauvignon은 포도품종, 2012는 포도 수확 연도다. 미국 최고의 와인 산지인 캘리포니아주 나파 밸리 와인이다. 함께 장을 보던 아내가 미쳤다며 내 등짝에 스매싱을 날릴 정도의 가격(10만 원이 넘음)이었다. 어쩌겠는가? 당시 (지금도) 제정신이 아닌 것을.

"이 와인은 코르크를 열고 최소한 두 시간 이상 기다렸다가 드셔야 합니다. 안 그러면 이 와인의 맛과 향을 제대로 느낄 수 없어요."

와인 초보에게 와인 매장 직원의 당부는 철의 규율이다. 짧은 한 달의 경험으로도 와인이 공기와 접촉하면서 맛과 향이 변하는 것은 어느 정도 알고 있었다. 스크루를 코르크에 낑낑대며 밀어 넣고 마개를 뽑은 후, 그 상태로 두 시간 정도 두었다가 첫 잔을 따라 마셨다.

"잉??"

입안이 얼얼할 정도로 떫고 쓴 것 아닌가. 지침대로 두 시간을 기다렸는데 이 무슨 대참사인가? 이게 대체 얼마짜리 와인인데! 안주로 준비한 치즈를 씹으며 연거푸 와인을 마셨지만 떫고 쓴 맛은 가실 줄 몰랐다. 아내에게 등짝 맞아가며 구입한 와인을 마지막 한 방울까지 입에 털어 넣었지만, 와인은 최후의 순간까지 꽃봉오리를 닫고 제모습을 드러내지 않았다.

도대체 무엇이 문제였을까? 루이 마티니 나파 밸리 로트 넘버 원 카베르네 소비뇽 2012는 빈티지 표기에서 알 수 있듯 2012년산 포도로 만들었다. 루이 마티니 홈페이지에서 정보를 찾아보니 로트 넘버 원 와인의 경우 대략 20개월 정도 오크통에서 숙성한단다. 그러하니 이 와인을 마신 2015년으로 따지면 오크통 숙성을 마치고 이제 막 병에 들어간 '신상'이다. 장기 숙성이 가능한 고급 와인은 오크통 숙성 기간 외에도 병입 후 추가로 수년의 숙성 기간이 지나야 제대로 된 맛과 향이 나오기 시작한다. 이제 막 담근 겉절이 김치와 익은 김치의 맛이 얼마나 다른지 떠올리면 된다.

와인에서 떫고 쓴 맛의 원인이 되는 성분은 타닌tannin인데 양조 과정에서 포도씨, 껍질, 줄기, 오크통 등에서 우러난다. 특히 카베르네 소비뇽은 여타 포도품종보다 타닌이 강하다. 와인은 병 속에서 장기간 숙성 과정을 거치며 타닌 성분이 부드러워지고 맛과 향이 더욱 근사해진다. 전문 도서에서는 이 숙성 과정을 화학적으로 설명하던데, 그 내용을 이해한다고 와인 맛이 더 좋아지지는 않으니 그냥 넘어가도록 하자(읽어도 무슨 소린지 잘 모르겠더라).

와인 평점 사이트 셀러트래커에는 루이 마티니 나파 밸리 로트 넘버 원 카베르네 소비뇽 2012의 시음 적기가 2016~2026년으로 나온다. 물론 예측치이지만 경험과 전문성을 갖춘 와인 평론가의 예상으로는 그렇다는 뜻이다. 이 정보를 토대로 판단하면 숙성된 맛과 향을 제대로 음미하기 위해서는 적어도 2020년 이후가 마시기 적절한 시기다. 그런데 2015년에 마셨으니 아직 채 숙성이 진행되지도 않아 여전히 떫고 쓸 수밖에. 수입사 직원도 그런 상황을 우려해서 지금 마시려면 코르크를 열고 최소 두 시간 이상 기다리라고 조언한 것이다.

열어 놓고 두 시간 기다리면 와인이 숙성되나? 그럴 리가 있겠는가. 그저 공기와 만나 점진적으로 산화될 뿐이다. 수년에 걸쳐 병 속에서 진행되는 오묘한 숙성 과정과 공기와 만나 진행되는 산화 과정은 화학적으로 전혀 다르다. 그러하니 장기간의 점진적 숙성을 통해서만 경험할 수 있는 맛과 향이 엄연히 존재한다. 하지만 산화 과정에서도 어느 정도 거친 타닌이 누그러들고 와인이 마시기 좋게 부드러워지는 것 또한 사실이다.

이렇게 와인이 공기와 접촉해 변화하는 과정을 브리딩Breathing이라고 한다. 와인이 공기와 만나 숨을 쉰다는 의미인데, 에어레이션aeration이라고도 한다. 브리딩을 하면 와인이 마시기 좋게 부드러워진다고 해서 마냥 방치하면 지나치게 산화가 진행되어 오히려 풍미가 꺾이고 심지어 식초가 되기도 한다. 과유불급이라고 지나침은 모자람만 못하다.

하지만 내 경우는 두 시간 뒤에도 떫고 쓴 맛이 여전했다. 이유는 뭘까? 공기와의 접촉면이 너무 협소했기 때문이다. 코르크 마개 제거 후 와인이 공기와 접하는 위치는 일반적으로 좁은 병목 부분이다. 이 정도 면적으로는 단시간에 유의미한 변화를 끌어내기 어렵다. 같은 시간이더라도 접촉면이 넓으면 와인의 변화가 빠르다.

지금의 나라면 와인을 일정량 잔에 따라내어 와인이 공기와 만나는 지점을 병목 아래 어깨 부분까지 낮출 것이다. 그러면 병 속에서 접촉면이 넓어지며 산화 속도가 빨라진다. 또한 잔에 담긴 와인도 공기와의 접촉면이 넓어지기 때문에 산화가 상대적으로 빠르다. 이런 상태로 두 시간 정도면 거친 타닌이 부드러워지면서 풍미가 개선됨을 느낄 수 있다.

그렇다면 브리딩은 대체로 어느 정도 하는 게 적절할까? 와인마다 특성이 다르니 특정 시간을 획일적으로 적용할 수는 없다. 번거롭더라도 일정 시간마다 조금씩 맛을 보며 변화를 확인하는 방법이 최선이다. 바로 따서 마시기 좋게 만든 저가 와인의 경우도 10분 내지 20분 정도 기다렸다 마시면 맛과 향이 더 좋아진다. 다만 저가 와인은 브리딩이 두 시간을 넘어가면 맛이 금세 꺾이기도 한다.

요약하자면 와인을 개봉해 일정량을 잔에 따른 후 브리딩을 진행하면서 15~20분 단위로 맛과 향의 변화를 점검한다. 어느 순간 마시기 좋게 부드러워졌다 싶으면 그때부터 안주를 곁들여 '천천히' 마시면 된다. '천천히'를 강조한 이유는 마시는 과정에서도 풍미가 다채롭게 변하기 때문이다. 특히 좋은 와인일수록 더욱 그러하다.

간혹 디캔터라는 기구를 사용해 브리딩을 한다. 디캔터는 원래 장기간 숙성된 와인에 생성되는 침전물을 걸러내는 용도로 제작된 기구인데, 와인을 병에서 디캔터로 옮기는 과정에서 와인이 공기와 풍성하게 접촉하게 된다. 게다가 대체로 입구는 좁고 내부는 넓은 구조라 산화 과정이 대폭 촉진되는 효과도 얻을 수 있다. 그렇다 보니 침전물을 거르는 용도 외에도 타닌이 매우 강한 미숙성 와인을 브리딩할 때 디캔터를 사용한다. 다만 디캔터로 브리딩을 하면 병에서 브리딩을 하는 것에 비해 와인의 맛과 향이 다소 차이가 난다는 의견도 있다. 나는 가급적 디캔터를 이용한 브리딩은 자제하는 편이다.

노파심에서 첨언하자면, 와인은 오래 묵힌다고 무조건 좋은 게 아니다. 간혹 1만 원대 와인을 몇 년씩 집에서 묵히는 경우가 있는데, 대부분 품질이 저하된다. 숙성 잠재력이 없기 때문이다. 그러니 오래 방치하지 말고 적당한 날에 즐겁게 마시자. 심지어 숙성 잠재력이 뛰어난 고급 와인도 너무 오랜 기간(예컨대 30년)이 지나면 와인이 갈색으로 변하고 맛과 향이 쇠락한다. 모든 와인에는 각자의 시음 적기가 있으니 오래된 와인이라고 무턱대고 비싼 가격에 구매하는 건 바람직하지 않다.

어린 시절 눈두덩에 자국이 나도록 만화경을 돌려 보았는데, 작은 통 안에서 시시각각 변하는 화려한 무늬에 빠져들던 기억이 생생하다. 와인이 공기와 만나 펼쳐내는 맛과 향의 다채로운 변화는 가히 미각의 만화경이라 할 만하다. 문득 2017년 1월 1일에 마셨던 프랑스 부르고뉴Bourgogne 피노 누아 와인이 떠오른다. 그 와인이 공기와 만나 활짝 열렸을 때, 나는 그 맛과 향을 음미하며 외딴 섬에서 고요한 밤바다를 바라보는 이미지가 떠올랐다. 분명 누군가는 술 하나에 유난 떤다고 혀를 찰 것이다. 어쩌겠나? 와인이 나에게 유난스럽게 다가온 것을.

와인 정가,
터무니없는 그 이름

콘차 이 토로 테루뇨 카베르네 소비뇽

Concha y Toro Terrunyo Cabernet Sauvignon

이 세상에는 각양각색의 호구가 있지만 적어도 대한민국에서 특대형 호구는 와인을 정가에 구매하는 사람일 것이다. 오히려 와인을 '정가'에 판매하는 곳이 존재하는지 반문하고 싶다. 와인 정가란 놈이 얼마나 터무니없는지는 마트의 와인 할인 장터 때 매장 직원을 통해 받는 할인 리스트로 알 수 있다.

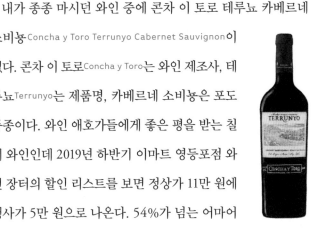

내가 종종 마시던 와인 중에 콘차 이 토로 테루뇨 카베르네 소비뇽Concha y Toro Terrunyo Cabernet Sauvignon이 있다. 콘차 이 토로Concha y Toro는 와인 제조사, 테루뇨Terrunyo는 제품명, 카베르네 소비뇽은 포도 품종이다. 와인 애호가들에게 좋은 평을 받는 칠레 와인인데 2019년 하반기 이마트 영등포점 와인 장터의 할인 리스트를 보면 정상가 11만 원에 행사가 5만 원으로 나온다. 54%가 넘는 어마어마한 할인율이다.

그런데 나는 이 와인이 정가에 판매되는 장면을 단 한 번도 목격하지 못했다. 이 와인을 11만 원에 파는 매장(레스토랑 제외)이 있다면 제발 나에게 알려달라. 심지어는 할인 장터 기간이 끝나도 재고가 남았다며 그대로 5만 원이다. 단언컨대 대한

민국에서 와인의 정가는 아무런 의미가 없다. 나는 간혹 테루뇨 카베르네 소비뇽을 4만 5,000원에 구입했고, 심지어 모 와인 아울렛 장터에서는 3만 5,000원에 샀다. 이런 게 진짜 할인가다.

정가에 줄 긋고 할인가격을 써놨다면 대체로 그게 정가라고 보아도 무방하다. '할인가'라는 표시에 혹해 심사숙고 없이 구매하면 나중에 다른 매장에서 훨씬 저렴한 가격을 목격하고 충격과 배신감에 온몸을 부들부들 떨게 된다. 특히 백화점은 커트 코베인도 울고 갈, 눈 뜨고 코 베이는 곳이니 각별한 주의가 요구된다. 어떻게 그렇게 잘 아느냐고? 내가 바로 피해자이기 때문이다. 상대는 가능한 비싸게 팔고 싶고 나는 어떻게든 싸게 사야 한다. 이 치열한 두뇌게임에서 어떻게 대응해야 눈탱이 밤탱이를 피할 수 있을까? 다년간의 눈탱이 밤탱이 끝에 단련된 나의 대응 매뉴얼을 소개한다.

매장을 방문하면 직원이 "찾는 와인 있으신가요?"라며 다가올 것이다. 이때 염화시중의 미소를 머금고 직원에게 다음과 같이 묻는다.

"어느 수입사에서 나오셨나요?"

마트나 백화점의 와인 매장 직원은 대부분 금양, 신세계 L&B, 나라셀라, 롯데주류, 레뱅드매일 등의 와인 수입사에서 파견한 직원이다.

"네. 저는 ○○○ 소속입니다."

매장 직원은 이렇게 대답하며 '와인을 좀 아는 사람이구나. 긴장해야겠는데?'라고 판단한다. 초짜가 할 수 없는 질문이기 때문이다. 이렇게 일차적으로 심리적 우위를 점한다.

"장터 할인가로 나온 와인 위주로 추천해주세요."

장터 할인가가 아니면 구매할 의향이 없다고 초장부터 쐐기를 박는다. 이 시점에서 상대의 활동반경은 대폭 좁아진다. 장터 할인가가 아닌 와인, 즉 나를 호구로 만들 와인이 일차적으로 배제되기 때문이다. 하지만 안심하기는 아직 이르다. 장터 할인가 자체가 비싸게 책정된 발목지뢰 와인이 곳곳에 도사리고 있기 때문이다. 돈이 넘친다면야 상관없지만, 우리는 1,000원만 비싸게 사도 수전증이 오는 소시민 아닌가.

발목지뢰는 어떻게 피할 수 있을까? 와인 애호가를 위한 궁극의 아이템! 바로 와인서쳐Wine-Searcher 앱을 사용하면 해결된다. 이 앱에 라벨 사진, 혹은 와인 이름을 입력하면 해당 와인의 해외 매장 판매가격 및 평균 거래가격이 나온다. 예를 들어 와인서쳐에  서 테루뇨 카베르네 소비뇽을 검색하면 해외 평균 거래가(세금 제외)가 4만 4,085원(2020년 12월 6일 기준)이다. 국내 마트 판매가가 5만 원(세금 포함)이면 상당히 준수한 가격임을 확인할 수 있다.

어느 날 와인을 좋아하는 지인에게 연락이 왔다.

"형님! 제가 와인을 하나 샀는데 18만 원이에요. 손이 덜덜 떨리네요. 역대 최저가로 나왔다는데, 잘 산 건가요?"

와인 이름을 듣고 와인서쳐에서 검색해 보니 해외 평균가격(세금 제외)이 9만 원대 아닌가. 혹시나 해서 와인 장터 할인 리스트에서 찾아보니 진짜로 할인가가 18만 원이다. 정상가는 무려 45만 원이고.

"해외 평균 거래가가 9만 원대네요. 할인가라면서 18만 원은 좀 심한 것 같아요. 14만 원 정도라면 몰라도."

물론 우리나라는 술에 붙는 세금이 높다. 수입사도 적정 이윤을 남겨야 한다. 하지만 그것만으로 이렇게 높은 가격을 정당화할 수 있을까? 한번 따져보자.

와인서쳐는 해외 각 매장의 구체적인 판매가격도 상세한 리스트로 보여준다. 찾아보니 홍콩 매장에서는 이 와인을 6만 원대에 판매하는 것 아닌가. 해당 와인이 호주 와인이니 홍콩 수입사나 우리나라 수입사나 운송비 들기는 마찬가지고, 홍콩 가격에는 당연히 수입사 및 매장의 이윤이 포함되어 있다. 홍콩은 면세 구역이라 싸지 않느냐고? 좋다. 홍콩의 면세가격에 우리나라의 세금을 합산하면 가격 판단에 좋은 기준이 될 것이다. 계산해보자. 우리나라는 호주와의 FTA 체결로 관세는 면제되니, 주세, 교육세, 부가세를 합산하면 한국에서는 대략 46% 정도가 세금으로 붙는다. 계산하기 편하게 50%라고 치자. 홍콩 가격 6만 원대에 세금 50%를 가산하면 대략 9~10만 원이다. 아까 국내 할인가가 얼마였더라? 18만 원이었지? 허허. 이 터무니없는 현실을 어떻게 받아들여야 할까. 내가 14만 원 정도면 괜찮겠다고 한 것은 국내의 이런저런 여건을 감안해 양보한 가격일 뿐이다.

지인은 내 얘기를 듣고 충격에 빠졌다. 제발 와인서쳐를 깔고 해외 거래가부터 확인하라고 신신당부했다. 단언컨대, 이런 거품 가격에 와인을 계속 사주면 안 된다. 소비자들이 해외 거래 가격을 참고하면서 현명한 소비를 해야 수입사의 횡포를 근절할 수 있다. 물론 역대 최저가라고 얘기한 매장 직원의 말이 거짓은 아닐 것이다. 아마도 전에는 더 비싸게 팔았겠지. 와인 가격의 민낯이다.

"와인 추천 감사합니다. 잠깐 와인서쳐로 가격을 알아볼게요."

이 말로 게임 종료다. 꼼꼼하게 와인서쳐로 검색하는 손님에게 가격 거품이 심한 와인을 추천하기는 어렵다. 대한민국 와인 애호가들이여! 제발 와인서쳐 검색을 생활화하자. 언제까지 호구로 살 텐가.

연말연시는
그러라고 있는 것이다

연말연시
가성비 최강 와인 TOP5

연말연시, 특히나 와인이 생각나는 시기다. 포도 주스에 소주 섞어 마시면 대충 와인 아니냐고 조롱하는 소주파 및 맥주파조차 이때면 은근슬쩍 와인을 떠올린다.

　돈이 넘친다면야 야경이 한눈에 들어오는 초특급 호텔 레스토랑을 예약해 '투뿔' 한우 안창살을 잘근잘근 씹으며 프랑스 그랑 크뤼Grand Cru급 와인으로 혓바닥을 우아하게 세척할 텐데. 현실은 찰싹 붙은 옆집 콘크리트 벽을 보며 동네 마트에서 사 온 호주산 소고기 치마살을 굽는다.

　그래도 괜찮다. 21세기 대한민국 서민층의 연말연시 잔칫상은 중세 유럽 귀족의 그것 못지않으니까. SK브로드밴드 Btv 채널 311번을 틀면 위대한 재즈 가수 엘라 피츠제럴드가 나를 위해 노래 부르고, 호주의 드넓은 초원을 뛰놀던 와규의 탱글탱글한 치마살이 비행기를 타고 물 건너와 가스레인지 불판 위에서 최상의 미디움 웰던으로 나를 기다린다. 동네 마트에서는 캐나다산 랍스터 큰 놈을 2만 원대에 판매하는데, 심지어 1,500원만 더 주면 먹기 좋게 쪄서 레몬과 칠리소스까지 곁들여 포장해 준다.

이제 3만 원대 와인만 준비되면 태양왕 루이 14세 부럽지 않은데, 도대체 와인에 대해 뭘 알아야 고를 것 아닌가. 그래서 이 글을 쓴다. 아무런 협찬 없이 내 돈 내고 구매해서 내 혓바닥으로 검증한, 연말연시 가성비 최강 와인 다섯 가지를 추천한다.

5위 시데랄 Sideral

1865 와인으로 유명한 산 페드로San Pedro 사의 와인이다. 1865는 국민 와인이라 불릴 만큼 베스트셀러이지만 마셔보니 내 취향은 아니었다. 그렇다 보니 같은 회사 와인인 시데랄에도 별다른 관심이 없었는데, 우연히 구입해서 마시고 예상외로 맛있어서 깜짝 놀랐다. 마트에서 종종 할인가 3만 5,000원에 나온다. 와인서쳐로 확인한 해외 평균 거래가(세금 제외)가 비슷한 수준이니 세금 포함 3만 5,000원이면 상당히 좋은 가격이다.

시데랄은 카베르네 소비뇽 품종을 기본으로 해서 몇몇 품종을 섞은 칠레산 레드 와인이다. 일반적으로 칠레 와인은 특유의 풀 맛 느낌이 있다. 이 맛에서 거칠고 투박한 느낌을 받기 쉬운데, 시데랄은 여타 칠레 와인과 비교해 세련되고 우아한 맛이 상당히 만족스러웠다. 이제 막 사회생활을 시작한 20대 중후반의 순박하고 정직한 남성이 양복을 정성스레 차려입고 힘찬

걸음으로 첫 출근을 하는 느낌이랄까. 호주산 와규 치마살 한 점을 흡입한 후 다소 느끼한 입안을 이 와인으로 헹구면 대략 1+1=2.6 정도의 시너지를 경험할 수 있다.

4위 투 핸즈 엔젤스 쉐어 시라즈 Two Hands Angels' Share Shiraz

투 핸즈Two Hands는 호주 와인 제조사, 엔젤스 쉐어Angels' Share는 제품명, 시라즈Shiraz는 포도품종이다. 한식은 양념이 강해 와인과 맞추기 쉽지 않은데, 호주 시라즈 와인은 양념 강한 불고기와도 썩 잘 어울린다. 시라즈가 여타 품종보다 맛과 향이 강해 양념 맛을 뚫고 존재감을 드러내기 때문이다. 그렇다고 김치와 어울리는 것은 아니니 오해 없기를. 전반적으로 육류와 잘 어울린다.

와인서쳐 해외 평균 거래가로 판단했을 때 국내 마트에서 3만 원대로 살 수 있다면 상당히 훌륭한 가격이다. 4만 원에 사도 그렇게 나쁜 가격은 아니다(사실 내가 4만 원에 샀다). 페이스북 친구 중에는 2만 원대에 샀다고 자랑하는 분도 있던데 무척 드문 경우다(사실은 배가 아프다). 돼지고기 항정살을 노릇하게 구워서 베어 문 후, 준비된 파채를 오뚜기 양파절임 소스에 담갔다가 입에 넣고 저작 운동에 들어간다. 양파절임 소스와 파채가

항정살의 느끼함을 웬만큼 잡아주지만 뭔가 아쉽다 싶을 때 이 와인을 한 모금 마신다. '맛있다'를 연발하며 연신 고개를 끄덕인다. 더 이상 무슨 말이 필요하겠는가.

3위 뱅상 르구 오트 코트 드 뉘 루즈 레 보 몽 뤼소
Vincent Legou Hautes Cotes de Nuits Rouge Les Beaux Monts Lussots

아따! 와인 이름 한번 길다. 뱅상 르구Vincent Legou는 와인 제조사, 오트 코트 드 뉘Hautes Cotes de Nuits는 프랑스 부르고뉴의 와인 생산지, 루즈Rouge는 레드 와인이라는 의미, 레 보 몽 뤼소 Les Beaux Monts Lussots는 포도밭 이름이다. 피노 누아 품종으로 만든 와인인데, 참고로 프랑스 부르고뉴 지역에서는 대부분 피노 누아를 재배한다. 피노 누아는 잘 만들면 아찔할 정도로 우아하고 세련된 와인이 된다. 섬세한 품종이라 기후天, 토양地, 양조자人의 기술에 따라 맛이 천양지차다. 예민하고 재배하기 까다로워 대체로 고가인데, 세계에서 제일 비싼 와인으로 유명한 로마네 콩티Romanée-Conti가 바로 피노 누아다. 부르고뉴에 맛 들이면 패가망신한다는 얘기가 괜히 있는 게 아니다.

이 뱅상 르구 어쩌구 저쩌구 와인은 마트에서 3만 5,000원에 파는데 무려 와인서쳐 해외 평균 거래가(세금 제외)보다 저렴하

45

다. 나는 그동안 이 와인을 여러 병 마셨다. 왜일까? 너무나 뛰어난 가성비 때문이다. 이 정도의 가성비 부르고뉴 와인은 찾기 어렵다.

피노 누아 와인은 소고기뿐만 아니라 기름기 많은 닭고기와도 잘 어울린다. 특유의 신맛이 기름기 가득한 맛을 잘 잡아주기 때문이다. 버섯과도 궁합이 좋은데, 양송이에 소금을 뿌리고 프라이팬에 잘 구워서 함께 먹으면 버섯 특유의 흙냄새와 와인의 풍미가 만들어내는 하모니에 취해 만화《신의 물방울》주인공처럼 '오!'라는 감탄사를 연발하게 된다.

2위 앙드레 클루에 브뤼 나튀르 실버 André Clouet Brut Nature Silver

연말연시 분위기라면 기포가 뽀글뽀글 올라오는 스파클링 와인이 떠오른다. 기왕이면 프랑스 샹파뉴Champagne 지방의 스파클링 와인인 '샴페인'이 맛도 뛰어나고 폼도 난다. 하지만 샴페인은 비싸다. 그렇다 보니 스페인, 이탈리아, 미국 등 다른 국가의 스파클링 와인을 대체재로 선택하게 된다. 하지만 앙드레 클루에 브뤼 나튀르 실버 샴페인이 마트에서 3만 5,000원에 보인다면 냉큼 여러 병 구매해도 좋다. 와인서쳐 해외 평균 거래가(세금 제외)가 그보다 높으니, 이 무슨 김혜자도 울고 갈 가격이란 말인가. 요즘에도 이 가격에 파나 모르겠다.

  앙드레 클루에André Clouet는 회사명, 브뤼 나튀르Brut Nature는 달지 않은 샴페인이라는 의미, 실버Silver는 제품명이다. 샴페인은 여러 음식과 두루 잘 어울리지만 특히 어패류와 함께 마시면 궁합이 좋은데, 마트에서 2만 원대의 캐나다산 랍스터를 쪄 와서 샴페인과 곁들이면 1+1=3 이상의 놀라운 시너지를 경험할 수 있다. 랍스터 꼬릿살을 요만큼 잘라내어 스위트 칠리소스에 찍어 입에 넣은 후, 적당한 시점에 샴페인을 주입하면 최소 극락행 보장이다. 일 년에 한 번이지만, 이 순간만큼은 재벌이 안 부럽다.

1위 쉐이퍼 원 포인트 파이브 카베르네 소비뇽
Shafer One Point Five Cabernet Sauvignon

쉐이퍼Shafer는 와인 제조사, 원 포인트 파이브 One Point Five는 제품명, 카베르네 소비뇽은 포도 품종이다. 이 와인은 3만 원대가 아니다. 2020년 12월 6일 기준으로 와인서쳐 해외 평균 거래가(세금 제외)가 11만 1,681원이며 국내에서는 장터 할인가 15만 원 내외로 판매된다. 왜 뜬금없이 이런 비싼 와인이 1위로 등장했느냐? 너무 맛있기 때문이다. 카베르네 소비뇽 품종 와인으로는 프랑스 보르도Bordeaux와 최고를 겨루는 미국 캘리포니아 나파 밸리. 거기서도 손꼽히는 와인 생산지인 스택스 립 지구Stags Leap District의 와인이다. 부담되는 가격이라 몇 번밖에 못 마셔봤지만 처음 마셨을 때 깜짝 놀랐던 그 느낌은 지금도 생생하다.

미국 나파 밸리 와인 특유의 커피 향과 연유 향, 그리고 폭발적인 과실 향이 마시는 사람의 뇌를 와인의 맛과 향으로 가득 채운다. 어떻게 나를 마시는데 다른 생각을 할 수 있느냐고 호통치는 것 같다. 기억에 남을 연말연시를 보내고 싶다면, 특별한 와인을 특별한 사람과 마시고 싶다면, 이 와인을 추천한다. 이 정도 와인이라면 안주는 간소화해 와인의 맛과 향 그 자체에 집중하는 것도 좋은 선택이다(하지만 나는 역시 스테이크를 구우련다).

어차피 한 번 사는 인생인데 하루쯤 부자 흉내 낸다고 인생 망하는 것도 아니고, 연말연시는 원래 그러라고 있는 것이다.

와인, 안주, 사람의
삼위일체

베린저 프라이빗 리저브 샤르도네 2013

Beringer Private Reserve Chardonnay 2013

막 와인의 매력에 빠져들던 시절 얘기다. 10만 원 넘는 비싼 와인을 신줏단지처럼 식탁 위에 고이 모신다. 정화수 떠놓고 무병장수를 빌듯, 정갈한 치즈 안주 올려놓고 와인이 맛있기를 기원한다. 이내 와인을 입에 머금어 맛과 향을 음미하고 치즈 조각을 차분하게 씹는다. 안주를 간소화해 10만 원 넘는 와인의 존재감을 돋우고 마지막 한 방울까지 제대로 탐닉하겠다는 의도다.

지금 생각하면 참으로 어리석다. 왜일까? 음악에 비유해보자. 피아노, 베이스, 드럼으로 구성된 재즈 트리오가 있다. 특정 악기 연주자의 기량이 뛰어나다고 해서 그 악기만 음표를 남발하고 다른 악기는 쉼표 처리된다면, 청중은 재즈 '트리오'의 참맛을 향유하지 못할 것이다. 각 악기가 적절한 조화와 균형을 이뤄야 최고의 연주가 나오는 것은 당연지사 아닌가.

와인 마시는 행위도 그러하다. 와인, 안주, 사람의 세 요소가 조화를 이뤄야 최상의 시너지가 나온다. 와인 위주로 즐기겠다며 치즈를 손톱만큼 떼어먹으며 마셔대면, 속 버리고 다음 날 머리 아프다. 마트 나무 박스에 아무렇게나 널브러진 1만 원대 '저렴이' 와인도 제짝 음식을 만나면 종종 충격적인 시너지를 낸다. 그렇다면 와인과 안주는 어떻게 궁합을 맞춰야 할까?

일반적으로 육류에는 레드 와인, 해산물에는 화이트 와인이 공식처럼 알려져 있다. 간단명료하고 유용한 분류이기는 하나 맹신해서는 곤란하다.

레드 와인만 해도 품종이 얼마나 다양한가. 카베르네 소비뇽, 메를로Merlot, 시라Syrah, 카르메네르Carménère, 산지오베제Sangiovese, 네비올로Nebbiolo, 그르나슈Grenache 등등. 고기 종류는 어떠한가. 닭, 오리, 돼지, 소, 양, 심지어 사슴에 말고기까지. 상황이 이러한데 육류에는 레드 와인이라고 퉁치면 너무 무책임하지 않을까. 해산물에는 화이트 와인이라고? 담백한 흰살 생선이 있는가 하면 기름기 가득한 붉은 생선도 있고, 조개류, 대게, 랍스터까지 무궁무진하다. 화이트 와인 품종도 각양각색이다. 안주에 육류와 해산물만 있는가? 버섯도 있고 채소도 있고 과일, 초콜릿도 있다. 여기에 맞는 와인도 다 따로다.

악마는 디테일에 있다. 얼핏 보면 쉬워 보이는 것도 제대로 하려면 많은 시간과 노력을 쏟아부어야 한다는 의미다. 와인에 딱 맞는 음식, 혹은 음식에 딱 맞는 와인을 고르는 일이 과연 칼로 무릎 두 조각 내듯 단순하겠는가. 와인과 음식의 궁합(마리아주) 역시 어느 정도 고심과 노력이 요구된다.

때는 2016년 8월 10일, 한여름 더운 날씨라 시원한 화이트 와인이 떠올랐다. 마침 좋은 가격에 구입한 베린저 프라이빗 리저브 샤르도네 Beringer Private Reserve Chardonnay 2013이 셀러에 있어서 마시기로 결심했다. 베린저Beringer는 제조사, 프라이빗 리저브Private Reserve는 높은 품질의 와인이라는 의미, 샤르도네Chardonnay는 포도 품종이다.

화이트 와인에는 역시 해산물이지! 마트에서 네다섯 개에 1만 원 하는 활전복을 사다가 버터를 두른 뜨거운 프라이팬에 5분가량 못살게 군 다음 푹신하면서도 탱탱한 그 모순된 질감을 샤르도네에 곁들여서 옹골차게 탐닉해 줄 심산이었다. 여느 때처럼 와인서쳐 앱으로 베린저 프라이빗 리저브 샤르도네에 대한 정보를 검색했다. 와인서쳐에는 와인 가격 외에도 어울리는 음식에 대한 정보도 나오기 때문이다.

오잉? 안주로 버섯을 추천하네? 속는 셈 치고 흙 내음 가득한 양식 참송이를 추가로 준비했다. 저녁이 되어 와인을 열고 안주를 준비했다. 전복과 샤르도네는 이미 여러 번 검증한 조합이라 기대만큼 좋았다. 이제 참송이 구이와 샤르도네 차례인데, 함께 마시던 나와 아내는 이 조합에서 신천지를 경험했다. 참송이 특유의 알싸한 흙냄새와 샤르도네 특유의 청량감 있는 타닌이 어우러지니 그 상승효과는 예측치를 뛰어넘었다. 아내는 와인과 버섯의 조화가 오묘하다며 연신 코를 킁킁댄다.

육류는 레드, 해산물은 화이트라는 단순한 도식에 얽매였다면 이 놀라운 콜라보를 경험할 수 없었을 것이다. 샤르도네는 닭고기, 돼지고기와도 궁합이 좋다. 기름진 고기의 느끼함을 청량한 신맛이 확 잡아주기 때문이다.

절대로 피해야 할 조합은 없을까? 있다. 생선회 등 비린내가 나는 음식과 오크통 숙성 와인을 무작정 붙였다가는 일찍이 경험하지 못한 비린내 대참사에 직면한다. 들은풍월로 하는 얘기가 아니다. 내 코와 혀가 산 증인이다. 레드이든 화이트이든 오크통에 숙성한 와인은 생선회의 비린내를 (내 경험상) 대략 8.79배 증폭시킨다. 멀쩡한 음식끼리 만나 그렇게 요상한 맛과 향이 생성되니 오히려 경이로움이 느껴질 정도였다. 그러니 생선회와 함께 마시려면 오크통에 숙성하지 않은 저렴한 화이트 와인이 오히려 좋다.

안주 정보를 참고하는 데에는 비비노Vivino 앱도 쓸 만하다. 해당 앱에서 베린저 프라이빗 리저브 샤르도네를 검색하면 돼지고기, 기름진 생선, 채식 식단, 가금류를 안주로 추천하는데, 베린저 샤르도네의 풍미를 떠올렸을 때 꽤 설득력 있는 안주 목록이다. 비비노 앱을 가격 검색 용도로도 활용하던데, 솔직히 말해 와인서쳐과 비교하면 가격 정보 신뢰도는 떨어진다. 대신 비비노는 사용자들이 매긴 와인 평점 평균치를 비교할 수 있어 나름 유용하다. 다만 비비노 앱을 주로 사용하는 미국인의 입맛이 반영된 평점임을 염두에 둘 필요는 있다.

언젠가 킴스클럽에서 로버트 몬다비 프라이빗 셀렉션Robert Mondavi Private Selection 와인을 세 병에 3만 9,900원에 판매한다는 일급 정보를 취득했다. 뛰어난 가성비로 이름난 로버트 몬다비 와인을 한 병에 1만 3,300원에 살 수 있다니! 행사 마감 전에 인근 킴스클럽 철산점에 냉큼 뛰어나가 카베르네 소비뇽, 메를로, 피노 누아 각각 한 병씩 세 병 샀다.

로버트 몬다비에게 내 혓바닥과 조우할 영광을 주겠노라며 셋 중 카베르네 소비뇽 와인을 골라 와인서쳐로 검색해 보니 Beef and Venison을 안주로 추천한다. Beef는 소고기인데 Venison이 뭔지 몰라 찾아보니 듣도 보도 못한 사슴고기다. 사슴은 포기하고 토종 한우는 너무 귀하신 몸이라, 물 건너온 소고기 살치살 엄청 큰 덩이를 초특가 1만 5,000원에 구입했다.

굳이 물 건너와 초특가로 우리 부부 이빨에 씹히는 네 팔자나, 굳이 (한우 놔두고) 물 건너온 너를 씹는 우리 부부 팔자나 거기서 거기 아니겠는가. 그렇게 자포자기 심정으로 우적우적 씹어댔는데, 웬걸? 기대치가 낮아 그런지 의외로 고기 맛이 괜찮다. 1만 원대 로버트 몬다비와의 궁합도 상당히 훌륭하고! 언제나 아름다운 아내지만 혈중알코올농도가 급상승한 탓인지 더욱 사랑스럽다. 와인, 안주, 사람의 삼위일체! 이것이 행복이구나.

'청담동' 와인을
마셔보고 싶었다

샤토 보날그 2008

Château Bonalgue 2008

와인에 빠져들고 1년이 살짝 넘은 2016년 10월 일이다. 늦게 배운 도둑질에 밤새는 줄 모르는 딱 그런 시기. 마침 김포 와인 아울렛 떼루아 가을 장터가 예정되어 있어 홈페이지에 접속해 할인 리스트를 내려받았다. 1,500종이 넘는 방대한 할인 리스트 중에서 한정된 예산에 맞춰 구매 후보를 추리는 작업은 여간 중노동이 아니다.

떼루아 할인 리스트에는 와인이 지역별로 구분되어 있다. 예 컨대 '보르도〉마고Margaux'는 프랑스 보르도의 마고 지역 와인, '미국〉나파'는 미국 캘리포니아주의 나파 밸리 와인이다. 와인 을 지역별로 구분하는 이유는 같은 품종의 와인이더라도 포도 재배지에 따라 맛과 향이 확연하게 차이 나기 때문이다. 강원도 한우가 아니라 횡성 한우고, 경상북도 사과 말고 청송 사과라고 하지 않는가. 마찬가지로 저들은 보르도 와인이 아니라 보르도 '마고' 와인, 캘리포니아 말고 캘리포니아 '나파 밸리'라고 한다. 서울시 강남구 청담동 거주자는 어디 사느냐고 물어보면 청담 동 산다고 하지 않는가. 나는 누가 물어보면 그냥 서울 산다고 하지 굳이 서울 금천구 산다고 하지는 않는다. 대략 그런 느낌 이다.

말하자면, 서울 와인이 아니라 청담동 와인을 마셔보고 싶었
다. 프랑스 보르도 중에서도 손꼽히는 지역으로 포므롤Pomerol
이 있다. 그 유명한 페트뤼스Pétrus(한때 보르도 최고가 와인)의 포
도밭이 있는 마을이다. 와인서쳐로 확인하니 페트뤼스 2016 빈
티지가 미국 와인 소매점에서 병당 400만 원대(세금 제외)에 절
찬 판매 중이니, 윌 스미스나 제프 베이조스가 즐겨 마시지 않
을까 싶다. 이런 포므롤 지역이라면 보르도의 청담동 아니겠나.

떼루아 가을 장터 리스트에서 청담동(포므롤) 와인만 따로 추
렸다. 리스트에 있는 그 많은 와인 중에 포므롤 지역은 딱 일곱
개였다.

샤토 가젱 Château Gazin 2013 | 9만 5,000원

샤토 보날그 Château Bonalgue 2008 | 5만 6,000원 | 와인 스펙테이
터 90점

샤토 벨 브리즈 Château Belle-Brise 2002 | 18만 8,000원

샤토 벨 브리즈 Château Belle-Brise 2006 | 21만 원

샤토 클리네 Château Clinet 2013 | 10만 5,000원 | 로버트 파커 93점
| 와인 스펙테이터 91점

클로 르네 Clos René 2010 | 7만 원

샤토 세르탕 드 메이 Château Certan de May 2007 | 18만 2,000원

| 로버트 파커 87점 | 와인 스펙테이터 88점

역시 청담동 거주민은 몸값이 만만치 않다. 보르도 2013년도
는 포도 작황이 너무 좋지 않으니 샤토 가쟁, 샤토 클리네는 제
외. 샤토 세르탕 드 메이는 역시 포도 작황이 좋지 않은 2007
빈티지인데다 평론가 점수가 모두 90점 밑이라
삭제. 샤토 벨 브리즈는 뭔가 이름이 꺼림칙해서
패스. 클로 르네는 이름에 샤토가 없으니 찜찜해
서 실격. 나의 까다로운 기준을 유일하게 통과한
샤토 보날그 2008 빈티지를 구매하기로 정했다.
그러고 보니 우연히 일곱 와인 중 최저가네? 뭐 그
냥 그렇다고.

포도 수확 해인 2008년으로부터 8년이 지났으니 전문가가
판단하는 시음 적기가 궁금했다. 셀러트래커 앱으로 검색하니
샤토 보날그 2008 빈티지의 시음 적기는 2011년부터 2022년까
지로 나온다. 가격도 포므롤 와인 치고는 저렴하면서 지금 마시
기 좋을 것 같아 한 병 구매했다.

와인을 마신 날은 2016년 10월 9일이었다. 포므롤 지역 와인은 일반적으로 메를로 품종을 기본으로 여타 포도를 소량 섞어서 만든다. 메를로는 일반적으로 카베르네 소비뇽보다는 타닌 함량이 적어 상대적으로 부드럽고 우아한 느낌이 난다. 코르크를 열고 언제나처럼 병 주둥이에 코를 바짝 가져갔다. 좁은 구멍으로 피어오르는 향기를 흠뻑 들이켠다. 숙성된 와인 특유의 복합적인 향이 올라왔다. 편백나무 향과 낙엽 향을 버무린 듯한 이 숙성 향이야말로 와인 애호가를 미치게 만든다. 일부러 연식이 오래된 놈을 찾아 나서는 이유다.

와인을 잔에 따라 밝은 조명 아래에서 빛깔을 감상한다. 이렇게 입에 침이 고이는 붉은색이 있다니! 하지만 참아야 하느니라. 와인이 공기와 만나 마시기 적당한 상태로 바뀔 때까지는 인내심을 가지고 기다린다. 잔에 따르니 향이 더욱 잘 피어오른다. 공기를 타고 흐르는 와인 분자 하나마저 놓치고 싶지 않아 코를 잔 속 깊숙이 밀어 넣고 숨을 들이켠다. 이러다가 가끔 코 끝에 와인이 묻기도 한다.

적당한 브리딩 시간이 흐른 후 한 모금 마셨다. 역시 잘 숙성된 청담동(포므롤) 와인은 입에서도 다르구나. 떫은맛을 내는 타닌이 병 숙성 과정에서 부드럽게 녹아들어, 맛이 향이 매끄럽고 목 넘김이 부드러우며 균형감이 탁월하다. 타닌 성분은 일종의 천연 방부제 역할을 하기 때문에 와인의 장기 숙성을 돕는다. 숙성 잠재력이 높은 고급 와인을 일찍 열어 마시면 떫고 쓴 이유는 타닌이 풍부하기 때문이다. 오랜 병 숙성 과정에서 타닌은 부드러워지며 숙성된 와인 특유의 풍미가 형성되는데, 마시면 극락행이다.

너무 맛있으니 그야말로 술술 넘어간다. 인내심을 발휘해야 하는데 어쩌나. 이런 와인은 마시는 과정에서도 맛과 향이 끊임없이 변해서, 되도록 천천히 오랫동안 즐기는 게 좋다. 장기 숙성이 불가능한 저가 와인에서는 경험하기 어려운 다채로운 풍미이니, 이왕이면 끝을 봐야 하지 않겠나.

아내와 이런저런 이야기를 나누며 천천히 마셨건만 어느새 막잔의 마지막 한 모금만 덩그러니 남았다. 기차에 탑승한 연인에게 끊임없이 손을 흔드는 사람처럼, 그 한 모금이 못내 아쉬워 연신 스월링하며 향기만 맡는다. 모질게 마음먹고 들이켠 후 치아 변색 방지를 위해 얼른 양치질했다. 이것으로 하루의 음주 일정은 마무리.

와인을 고를 때, 나는 와인 산지부터 정한다. 미국 캘리포니아 나파 밸리, 프랑스 보르도의 마고, 프랑스 부르고뉴의 본 로마네Vosne-Romanée, 이탈리아의 피에몬테piedmont, 이런 식으로 포도 재배지를 특정하면 선택의 폭을 좁힐 수 있다. 와인을 산지별로 경험하면 취향에 맞는 와인을 찾는 데에도 수월하다. 예컨대 나는 샤토 보날그 2008 빈티지를 경험하고 한동안 포므롤 와인을 찾아 마셨다. 특유의 덕후 기질 때문이기도 한데, 은행 잔고가 급격하게 감소했지만 어쨌든 와인 경험치 상승에는 상당한 도움이 되었다.

그나저나 이 정도 와인 산지 얘기를 했으면, 프랑스의 AOC 제도를 언급하지 않을 수 없다. AOCAppellation d'Origine Contrôlée, (아펠라시옹 도리진 콩트롤레)는 '원산지 명칭의 통제'로 해석할 수 있는데, 프랑스 정부가 와인 및 농산물의 원산지 명칭과 품질을 관리하는 제도다. 프랑스 와인 병의 전면 라벨 혹은 후면 라벨을 살펴보면 종종 Appellation ○○○ Contrôlée라는 문구가 있는데, ○○○에 들어가는 게 바로 와인 원산지다. 예를 들자면 이렇다.

Appellation Bordeaux Contrôlée
보르도 지역 포도만 사용하여 만든 와인.

Appellation Médoc Contrôlée
보르도의 메독Médoc 지역 포도만 사용하여 만든 와인.

Appellation Margaux Contrôlée
메독의 마고 마을에서 생산된 포도만 사용하여 만든 와인.

위의 예에서는 보르도〉메독〉마고 순으로 지역이 좁아지는데, 원산지 범위가 좁아지면 더욱 고급 와인으로 인정받는다. 이 제도는 생산지 명칭 도용을 막고 프랑스 와인 품질의 신뢰도를 높이기 위해 도입되었다. 포도품종, 와인 제조법, 알코올 도수, 포도나무 심는 방법, 가지치기, 포도수확량, 숙성조건 등을 꼼꼼하게 규제한다. 그러니 AOC 등급에 해당하는 와인은 프랑스 정부가 기본적인 품질을 공인한 셈인데, 프랑스 와인의 35% 정도가 AOC 등급에 속한다. 참고로 AOC 표기에 등장하는 지역 명칭은 행정구역과 관계없이 포도 재배지역을 토질과 기후를 중심으로 나누어 그 경계와 명칭을 정한다. 예컨대 와인 병 라벨에 적힌 보르도와 프랑스 행정구역 보르도 시는 다르다는 의미다.

AOC 등급보다는 규제가 다소 느슨한 뱅 드 페이Vins de Pays, 뱅 드 타블Vins d Table 등의 등급도 있는데, 대체로 AOC 등급보다는 품질이 떨어지고 가격도 저렴하다. 참고로 프랑스의 AOC 제도의 영향을 받아 이탈리아, 스페인, 포르투갈 등에서도 비슷한 방식으로 자국 와인을 관리하고 있다.

프랑스 와인을 구매할 때는 라벨의 AOC 등급 표기를 확인하는 버릇을 들이자. Appellation Bordeaux Contrôlée로 표기되어 있다면, "나는 서울에 삽니다. 그 이상은 묻지 마세요"라고 말하는 것이다. Appellation Pomerol Contrôlée처럼 구체적인 마을 단위로 적혀 있으면 "나는 청담동(포므롤) 산다"고 자랑하는 것이다. 어느 와인이 더 맛있겠는가? 답은 자명하다. 다만 가격이 더 비쌀 뿐.

와인 마개의 세계

엠 샤푸티에 코트 로티 라 모도레 2006

M. Chapoutier Côte-Rôtie La Mordorée 2006

아내와 처음 만나 해외 신혼여행까지 대략 2년 걸렸는데 와인과 처음 만나 해외직구까지는 고작 2달 걸렸다. '금사빠' 아니 '금와빠', 홀려도 단단히 홀렸지. 관세 면제를 위해 한-EU FTA까지 따져볼 정도로 직구에 익숙해진 2016년 봄의 어느 날, 네덜란드의 유서 깊은 한 와인 매장에서 발송한 와인 네 병이 UPS를 통해 서울 변두리 모처에 무사히 도착했다. 그중 한 병이 바로 문제의 이 와인이었다.

엠 샤푸티에 코트 로티 라 모도레 2006
M. Chapoutier Côte-Rôtie La Mordorée 2006

엠 샤푸티에M. Chapoutier는 제조사, 코트 로티 Côte-Rôtie는 포도 재배지, 라 모도레La Mordorée 는 제품명인데, 시라 품종으로 만든 프랑스 와인 이다. 굳이 이 와인을 네덜란드에서 공수한 이유 는 2006 빈티지가 로버트 파커 96~98점, 와인 스펙테이터 95점 등 평론가로부터 상당히 좋은 평가를 받았기 때문이다. 지금이라면 굳이 구입하지 않았을 텐데. 시라는 여타 품종에 비하면 타닌이 강하고 드세어 내 취향에 잘 맞지 않는다. 당시는 포도품종의 특성과 차이를 제대로 인식하지 못해 점수만 좋다면 물불 안 가리고 마셔보던, 걷잡을 수 없는 시기였다.

하여간 네덜란드에서 비행기 타고 일부러 나를 만나러 온 놈들이니 얼마나 반가웠겠나. 얼른 포장을 뜯고 하나씩 눈인사를 하는데, 와인 병의 주둥이가 심상치 않다. 와인은 대부분 코르크 마개가 꽂힌 주둥이를 알루미늄 포일로 감싼 형태인데, '라 모도레'는 누군가 포일을 실수로 벗겼다가 임시방편으로 막은 듯한 외관이었다. 얼굴에서 웃음기가 싹 가셨다. 병 주둥이를 어설프게 감싼 누리끼리한 물체가 뭔가 싶어 조심스럽게 만져보니 질감이 딱 밀랍이다.

'어떻게 이런 물건을 팔 수 있는 거야?'

당장 사진 찍어서 항의 메일 보낼까 하다가 일단 심호흡 후 관련 정보를 검색했다. 그제야 밀랍으로 봉인하는 와인도 있다는 사실을 알게 되었다. 산소 유입 등으로 인한 와인의 변질(산화)을 확실하게 차단하기 위해 코르크 마개 위에 밀랍으로 봉인한다는 것이다. 코르크 마개로도 충분하겠지만, 일종의 확인사살인 셈이다. 밀랍 파손 때문에 내용물 바꿔치기도 어려워 와인 위변조 방지에도 도움이 된다.

밀랍이니 불로 녹이는 게 나을지 아니면 긁어내야 좋을지 몰라 망설이다, 그냥 코르크 따개에 달린 작은 칼로 벅벅 긁어냈다. 이어서 코르크를 제거한 후 와인에 밀랍 부스러기가 섞일까 봐 병 입구를 깨끗이 닦고 잔에 따랐다. 앞서 언급했다시피 시라가 내 취향이 아닌 품종이라 비싼 가격에도 불구하고 맛과 향에서 큰 인상은 남지 않았지만, 생애 첫 밀랍 봉인 와인으로서의 기억은 뇌리에 강렬하게 새겨졌다.

물론 밀랍 봉인 안에는 기본적으로 코르크 마개가 들어있다. 아무래도 와인 하면 떠오르는 게 코르크 마개 아니겠나. 와인 마개의 기능은 산소나 수분 등의 유입을 차단해 와인의 변질을 막는 것이다. 코르크는 가볍고 탄성이 뛰어나며 불에 잘 타지 않고 썩지도 않아 와인 마개로 오랫동안 사랑받았다. 하지만 단점도 있는데, 코르크에 번식하는 곰팡이 때문에 간혹 와인이 변질되기도 한다. 이렇게 변질된 와인을 코르크화Corked되었다고 하는데, 와인이 코르크화되면 과실 향이 약해지고 젖은 신문지 같은 눅눅한 냄새가 난다고 한다. 코르크화 와인은 전체 와인의 3~5%에 이른다고 알려져 있다. 적지 않은 비율이다. 특히 질이 낮은 코르크를 사용했을 때 상대적으로 코르크화 현상이 더욱 빈번하다.

최근에는 코르크 마개의 대용으로 스크루캡 사용이 증가하는 추세다. 코르크보다 열기도 쉽고 비용도 저렴하며, 곰팡이로 인해 와인이 변질될 일도 없기 때문이다. 스크루캡 사용률은 아직 전체 병 와인의 10%에 미치지 못하지만, 뉴질랜드와 호주에서는 와인의 스크루캡 밀봉률이 각각 93%와 75%에 이를 정도다. 그렇지만 장기간 밀봉 효과에 의문을 표하는 의견도 있어, 오랜 숙성 기간이 필요한 고급 와인에는 여전히 코르크 마개를 선호하는 분위기다.

그러고 보니 스크루캡 와인과도 웃지 못할 사연이 있구나. 지인으로부터 선물 받은 저렴이 호주 와인이 마침 스크루캡이었다. 소주병 따듯이 윗부분을 잡고 돌리는데, 아무리 용을 써도 안 돌아가는 것 아닌가. 참이슬 딸 때는 쉽게 돌아가던 놈이 웬일인지 꿈쩍도 없다. 억지로 힘을 주면 병이 깨지겠다 싶어, 펜치와 니퍼를 사용해 조심스럽게 뜯어내고 씩씩대며 마셨는데 심지어 맛도 없다. 나중에 알고 보니 소주병과는 여는 방식이 다른 것 아닌가. 스크루캡 구조물 전체를 움켜쥐고 돌려야 열리는 구조였다. 지금 생각하면 허탈한 한숨만 나온다.

어느 날 와인 관련 문의 사항이 있을 때만 주로 연락이 오는 지인의 전화번호가 스마트폰에 찍혔다.

"형님! 제가 와인을 샀는데 스크루캡으로 되어 있더라고요. 그런데 이게 아무리 돌려도 안 열리는 거예요. 펜치로 억지로 뜯어내고 마시는 중인데요. 이거 불량품 아닌가요?"

"그거 소주처럼 따면 안 되고 스크루캡 구조물 전체를 손으로 감싸 쥐고 돌려야 열리는 거예요."

"아이고! 그렇군요."

나만 그런 게 아니었구나. 힐링의 순간이었다. 2020년 1월 10일, 새해를 기념하기 위해 셀러에 보관 중인 좋은 와인을 하나 꺼냈다. 샤토 랭슈 바주Château Lynch-Bages 2000 빈티지. 프랑스 보르도의 포이약Pauillac 마을 와인인데 세계적인 와인 평론가 로버트 파커가 유독 편애한 와인으로 유명하다. 무엇보다도 보르도의 2000년 포도 작황은 역대급이라 할 만큼 좋았다. 특별한 날에 마시려고 아내의 등짝 스매싱을 감수하며 구입한 20년 묵은 끝내주는 놈이란 의미다.

경건한 마음으로 알루미늄 포일을 제거하고 코르크 마개에 조심스럽게 스크루를 박으며 기원했다, '제발 부러지지 마라.

제발 부러지지 마라.' 장기간 숙성된 와인은 코르크가 약해져서 부러지는 경우가 종종 있기 때문이다. 이런 경우 코르크 파손을 방지하기 위해 '아소Ah-So'라는 집게 모양의 코르크 따개를 사용하기도 한다. 갓난아기를 달래듯 조심조심 코르크를 끌어올렸지만 결국 중간에 부러졌다. 그나마 다행인 것이, 거의 다 올라와서 부러진 터라 병목 상단에 남아 있는 코르크에 다시 스크루를 박아넣어 남은 놈을 무사히 꺼낼 수 있었다. 이날 샤토 랭슈바주 2000 빈티지는 코르크 파손에 놀란 나를 안심시키려는 듯 휘모리장단으로 시시각각 변하며 극지방 오로라와도 같은 맛과 향의 스펙트럼을 과시했다. 이런 제길! 맛있어도 너무 맛있네. 실망스러워야 비싼 와인을 안 살 텐데. 이놈의 취미는 브레이크가 없구나.

이게
얼마짜리 와인인데!

샤토 슈발 블랑 2008

Château Cheval Blanc 2008

데일리daily 와인. 매일매일 마셔도 부담되지 않는 가격의 와인(따위는 없지만), 그러니까 호주머니 사정 신경 안 쓰고 편하게 마실 수 있는 와인을 뜻한다. 그렇다면 이얼리yearly 와인은 무엇일까? 있는 힘껏 용기를 내어도 1년에 한 번 마실까 말까 한 초고가 와인 되겠다. 예컨대 가격을 들켰을 경우 배우자의 구타가 예상되는, 김포 떼루아 와인 아울렛 할인 장터에서 구입한 샤토 무통 로칠드Château Mouton-Rothschild 2005 빈티지 같은 것 말이다.

때는 2019년 4월 11일, 그러니까 내 생일날이었다. 그날을 위해 준비한 와인은 샤토 슈발 블랑Château Cheval Blanc 2008 빈티지. 떼루아의 와인 장터 때 용기 내어 구입한, 가격이 들켰을 경우 집에서 쫓겨나는 그런 와인이다. 프랑스 보르도의 유명한 와인 생산지 생테밀리옹Saint-Émillion을 대표하는 와인이다. 내가 그래도 일말의 양심은 남아 있어서 이런 와인은 진짜 1년에 한 번 정도만 마신다. 그것도 꼭 아내와 함께!

그리고 보니 그동안 마셔왔던 구타 유발 와인들이 떠오른

다. 샤토 오 브리옹Château Haut-Brion 2007, 샤토 마고Château Margaux 2003, 할란 에스테이트Harlan Estate 2004, 샤토 무통 로칠드 2005, 콩트 조르주 드 보귀에 뮈지니Comte Georges de Vogüé Musigny 2008 등. 재벌들이야 이런 와인을 데일리처럼 마시겠지만, 나 같은 가산탕진형 소시민 애호가는 마지막 한 방울까지 놓치지 않고 깨끗하게 핥아 마셔야 하는 와인들 아닌가. 앞서 영접한 비싼 것들의 기막힌 풍미를 되새기며 기대감에 부풀어 샤토 슈발 블랑을 꺼냈다.

아니야! 들뜨지 말고 차분한 마음으로 영접하자. 역시 귀하신 몸은 다르다고 병 주둥이 부위에 위변조 방지용으로 추측되는 동그랗고 작은 스티커가 붙어 있다. 셀러트래커에서 확인한 샤토 슈발 블랑 2008 빈티지의 시음 적기는 2019~2042년까지. 이제 막 시음 적기에 들어선지라 너무 일찍 여는 감은 있지만, 어차피 이런 것을 두고 10년 이상 기다릴 인내심은 없다. 그게 가능했다면 애초에 인내심을 발휘해 와인에 발을 담그지도 않았겠지.

브리딩을 하며 향기를 맡는데, 이거 뭐 누군가 스포이트에 향수를 머금어 내 콧구멍에 주입하는 느낌이 들 정도다. 지금 이

글 쓰다가 못 참고 진열장에 모셔놓은 샤토 슈발 블랑 빈 병을 집어 들어, 미세한 잔류 향기를 혼신의 들숨으로 흡입했다. 그것 참 좋구먼!

향기가 너무나 황홀해 입안의 느낌도 잔뜩 기대하며 한 모금 마셨는데, 엥? 내 취향을 상당히 거스르는 독특한 맛 하나가 도사리고 있는 것 아닌가. 그 맛의 원흉(?)은 알고 보니 카베르네 프랑Cabernet Franc 품종이었다. 일반적으로 프랑스 보르도는 지롱드강을 중심으로 좌안 지역은 카베르네 소비뇽, 우안 지역은 메를로를 기본 축으로 와인을 생산하며, 프티 베르도Petit Verdot, 카베르네 프랑 등의 여타 품종은 소량을 첨가한다. 예컨대 지롱드강 좌안인 포이약 마을의 샤토 무통 로칠드 2005 빈티지의 경우 카베르네 소비뇽이 85%, 메를로 14%, 카베르네 프랑 1%의 비율로 만들었다. 지롱드강 우안인 생테밀리옹 지역의 샤토 파비Château Pavie는 메를로 65%, 카베르네 프랑 25%, 카베르네 소비뇽 10%다.

그런데 샤토 슈발 블랑은 독특하게도 카베르네 프랑의 비율이 상당히 높다. 내가 마신 샤토 슈발 블랑 2008 빈티지는 메를로 55%, 카베르네 프랑 45%에 극소량의 카베르네 소비뇽을 첨가했다. 다른 빈티지도 메를로와 카베르네 프랑을 대략 반씩 섞는 것은 동일했다. 이렇게 상대적으로 높은 카베르네 프랑 비율이 (지극히 개인 취향의 문제지만) 나에게 불편함을 느끼게 한 것이다. 세상에나! 이게 얼마짜리인데!

내가 당시 느낀 카베르네 프랑 특유의 맛을 표현할 적절한 단어를 찾지 못해 한동안 전전긍긍했는데, 소펙사 소믈리에 대회 어드바이저 부문에서 우승한 지인이 카베르네 프랑에서는 주로 '피망' 느낌이 난다고 조언을 해주었다. 그 단어 하나로 머릿속에서 모호하게 떠돌던 혼란스런 이미지가 단박에 정리되었다. 역시 와인 전문가는 맛과 향을 객관적으로 표현할 수 있는 어휘 능력이 뛰어나더라.

피망의 풍미를 좋아하는 아내는 함께 마시면서 '맛있다'를 연발했다. 하지만 그런 맛이 별로인 나는 당혹스러움을 느낀 것이다. 게다가 하필 엄청 비싼 와인이니 그에 따른 정신적 충격 또한 적지 않았다. 당시의 맛을 다시 떠올려 보면, 피망에서 향신료 같은 톡 쏘는 풍미를 제거한 느낌이랄까? 하나도 안 매운 고추를 씹을 때 느낄만한 질감 말이다. 그런 게 와인에서 꽤 강하게 느껴졌다.

사실 그보다 전에 카베르네 프랑이 내 스타일이 아님을 깨달을 기회가 있었다. 2017년 12월 14일에 마셨던 도멘 드 팔루스 레 팡세 드 팔루스Domaine de Pallus Les Pensées de Pallus 2013 빈티지가 그것이다. 도멘 드 팔루스Domaine de Pallus는 와인 제조사, 레 팡세 드 팔루스Les Pensées de Pallus는 제품명이다. 프랑스 루아르 쉬농 지역 와인인데 무려 카베르네 프랑 100%다. 당시 이 와인을 마시면서 앞서 설명한 피망 맛을 느꼈고 그게 별로라고 느꼈지만, 단순히 이 와인의 풍미가 그렇다고만 생각했다. 카베르네 프랑 품종의 특성이라고는 생각도 못 한 것이다.

그런데 생일을 기념해 샤토 슈발 블랑을 영접하는 과정에서 카베르네 프랑의 피망 맛에 좌절하니, 그제야 2017년 12월에 마셨던 카베르네 프랑 100% 와인이 떠오른 것이다. 에휴, 엄청난 뒷북 아닌가. 어쨌든 큰 비용을 치르고서야 강력한 필터 하나를 장착했다. 앞으로 카베르네 프랑 비율이 아주 높은 와인은 조심하자!

오해를 막기 위해 첨언하자면, 샤토 슈발 블랑은 와인 애호가들에게 최고의 평가를 받는 너무나 훌륭한 와인이다. 대부분 마시면서 크게 감동받는다. 하지만 안타깝게도 취향 탓에 나는 그

'대부분'의 행렬에 합류하지 못했다. 물론 미래에 샤토 슈발 블랑을 다시 만나서 생각이 달라질 수도 있겠지만, 누군가 사주면 모를까 그 비싼 와인을 내 돈 내고 다시 시도할 용기는 없다. 세상에 마실 와인이 얼마나 많은데.

수많은 우여곡절과 시행착오 끝에 어느 정도 내 취향을 알게 되었다. 카베르네 프랑 비율이 높은 와인, 이탈리아 산지오베제 품종 와인, 프랑스 시라 및 호주의 시라즈 품종 와인은 대체로 만족감이 떨어졌다. 반면 아내는 이탈리아 산지오베제 특유의 신맛을 선호해서 마실 때마다 만족스럽단다. 확실히 품종에 대한 선호는 지극히 개인 차원의 문제다. 내 경우 이탈리아 몬탈치노 지방의 산지오베제 와인인 브루넬로 디 몬탈치노Brunello di Montalcino는 여러 병 구매해 마셨을 정도로 만족스러웠다. 여타 산지오베제와 달리 신맛이 앙상하지 않고 풍미가 복합적이기 때문이다. 물론 훨씬 비싼 건 안 비밀.

자신의 취향을 알게 되면 실패 확률을 낮출 수 있고 와인 마시는 시간이 훨씬 즐거워진다. 물론 어느 정도의 시행착오는 감수해야 하는데, 하필 내 경우는 너무 비싼 와인에서 교훈을 얻었다는 게 뼈아프다. 그 누가 샤토 슈발 블랑이 자신의 취향이

아닐 것이라고 감히 상상할 수 있겠는가. 세상만사 참으로 맘대
로 안 된다.

오래 묵힐수록
더 맛있을까

주세페 에 필리오 마스카렐로
바롤로 몬프리바토 2000

Giuseppe E Figlio Mascarello
Barolo Monprivato 2000

비닐을 먹고 살지 않는 이상, 우리가 섭취하는 모든 음식은 잘못 보관하거나 오래되면 상하기 마련이다. 와인도 예외가 아니어서 기대감에 부풀어 마셨다가 변질된 맛에 당황하는 경우가 종종 있다. 더욱 안타까운 예는, 상태가 안 좋은 와인을 마시고 있음에도 그 사실을 인지하지 못하는 경우다. 경험이 적으니 와인은 원래 그런가 보다 한다(내가 그랬다).

와인은 오래 묵힐수록 좋은 거 아니냐고 무턱대고 얘기하는 이들이 있다. 마트에서 1만 원대 와인을 구입해서 5년 묵혀 드셔보시라. 오래 묵힐수록 맛있다고 한 사람한테 화가 솟구칠 것이다. 물론 일부 고급 와인은 최소 15년 이상 묵혀야 그 진가를 제대로 음미할 수 있다. 하지만 그런 와인도 30년 이상 지나면 좋은 컨디션을 유지하기 어렵다. 내 경우 '누군가'의 의도에 의해 제대로 맛이 간 와인을 체험한 일이 있다.

나는 주로 이마트 영등포점과 김포의 와인 아울렛 떼루아에서 와인을 구입한다. 하지만 간혹 백화점의 와인 매장을 이용하는 경우도 있다. 일반적으로 백화점은 마트나 아울렛에 비해 와인 가격이 비싸지만, 눈도장 찍고 단골이 되면 의외로 고급 와인을 마트나 와인 아울렛보다 더 저렴한 가격에 구매할 기회도 종종 있다.

때는 2016년이었다. 내가 와인에 빠지고 1년 정도 지난 시점이다. 모 백화점 와인 매장에서 매니저에게 와인을 추천받고 있었다.

매니저 이 와인 한번 드셔보시겠어요?
임승수 이탈리아 바롤로Barolo 와인이네요. 바롤로 좋지요. 2000 빈티지이니 먹기 좋게 잘 익었겠네요. 바롤로는 숙성되어야 진가가 나오는 와인이잖아요.
매니저 음… 그런데 작년에 이 와인을 시음해봤는데 약간 맛이 갈 듯 말 듯 하더라고요. 와인 많이 좋아하시니까 이런 와인을 경험해보는 것도 도움이 될 거예요. 대신 싸게 해서 5만 원에 드릴게요.
임승수 (와인서쳐에서 해당 와인을 검색한 후) 우와! 이 와인의 해외 평균 거래가가 20만 원이 넘는데요? 국내에서는 할인가로도 30만 원대일 것 같은데요. 정말 5만 원에 주시는 건가요?
매니저 네.

이렇게 매니저의 추천으로 마시게 된 와인이 바로 이거다.

주세페 에 필리오 마스카렐로
바롤로 몬프리바토 2000

Giuseppe E Figlio Mascarello

Barolo Monprivato 2000

주세페 에 필리오 마스카렐로Giuseppe E Figlio Mascarello는 와인 제조사, 바롤로는 포도가 재배된 이탈리아의 마을 이름, 몬프리바토Monprivato는 제품명. 네비올로 포도품종으로 만든 와인이다. 이탈리아 바롤로 마을의 네비올로는 특히 뛰어나 따로 바롤로라고 부른다. '영광' 굴비 느낌으로 이해하면 좋겠다. 바롤로는 장기 숙성이 가능한 고급 와인이다. 셀러트래커에서는 이 와인의 2000 빈티지 시음 적기가 2010~2020년으로 나온다. 그러니 이 와인을 2016년에 마신다면 일반적으로 잘 숙성된 바롤로의 훌륭한 맛과 향을 기대할 수 있다.

고급 와인을 엄청난 할인가로 득템했다는 생각에 콧노래를 흥얼거리며 2016년 9월 3일에 코르크를 열었다. 여느 때처럼 병 주둥이를 코에 바짝 대고 향기를 들이켜는데, 어? 뭔가 좀 이상하다. 예상했던 향이 아니다. 일반적으로 와인에서 뿜어나오는 과실 향이 거의 없는 것 아닌가. 잔에 따랐는데 빛깔이 혼탁

한 갈색이다. 아! 이거 완전 갔구나!

올림픽에 호기심 종목이 있다면 금메달감인 나 아닌가. 어린 시절 욕조에 물을 받아 꽝꽝 언 동태를 집어넣었다. 그러면 녹아서 헤엄칠 줄 알고. 청소년 시절 컴퓨터가 바이러스에 걸리면 어떻게 되는지 궁금해, 일부러 바이러스 감염된 플로피 디스크를 구동하지 않았나. 이렇게 혼탁한 갈색인 데다가 과실 향이 전무할 정도로 변질된 와인의 맛은 어떨까? 호기심에 못 이겨 한 모금 들이켰다.

우웩! 와인이 뭐 이렇게 짜냐? 간장도 아니고. 과도한 호기심의 결과는 언제나 예상대로다. 욕조에서 비린내 난다고 할머니에게 혼나고, 메모리에 바이러스가 상주해 컴퓨터 프로그램 실행에 문제가 발생했으며, 짠 와인을 부리나케 뱉어내고 입안을 격렬하게 헹궜다. 너무 당혹스러워 백화점 와인 매장의 매니저에게 바로 연락했다.

임승수 와인에서 간장 맛이 나요. 너무 짜네요. 색깔도 완전 갈색이고요. 이건 정말 아닌 것 같아요.

매니저 작년에는 애매하더니 올해는 완전히 갔나 보군요. 환불해드릴게요. 아니면 추후 와인 구매하실 때 그 가격만큼 차감해 드리겠습니다.

임승수 네. 그러면 제가 이 와인을 가져가서 변질된 걸 확인해 드릴게요.

매니저 아니에요. 안 가져오셔도 되어요.

일반적으로 교환 및 환불을 하려면 와인을 매장에 가져가서 변질 여부를 직접 확인해줘야 가능하다. 하지만 매니저는 이런 상황을 어느 정도 예측했던 것 같다. 다른 손님이었다면 이 와인을 추천하지도 않았을 것이다. 아마도 내가 와인에 몹시 진지하게 접근하니 이런 경험도 도움이 될 거라 판단해 일부러 추천한 것 같다. 2015년부터 지금까지 꾸준히 마시면서 이 정도로 맛이 간 와인은 아직 없었다.

16년은 가뿐하게 버틸 수 있는 고급 바롤로가 그렇게 변질된 이유는 보관 상태 때문일 가능성이 크다. 장기 숙성이 가능한 고급 와인이라고 해서 아무렇게나 굴려도 되는 것은 아니다. 직사광선을 피해 적정한 온도를 유지하며 눕혀서 보관해야 한다. 일반적으로 백화점은 고급 와인 보관을 위해 항온항습을 유지하는 대형 와인셀러를 설치해 나름 신경을 쓴다. 그럼에도 불구하고 간혹 이런 일이 벌어지는 것은 피할 수 없다. 그만큼 와인은 보관 상태에 예민한 술이다(피노 누아는 특히 더욱 예민하다). 지인에게 고급 와인을 선물 받았는데 묵혀서 마시겠다고 대충 진열장에 몇 년 처박아놨다면, 온도 변화가 심한 한국의 날씨(특히 여름) 탓에 와인이 변질됐을 가능성이 높다.

그런 이유로, 와인을 진지한 취미로 여기는 사람은 불가피하게 와인셀러를 구비한다. 다만 와인을 구매해서 며칠 사이에 바로바로 마시는 경우라면 굳이 와인셀러에 보관할 필요는 없다. 서늘한 곳이나 (여름에는) 냉장고에 보관하면 된다. 나는 거실에 열두 병 들어가는 초저가 와인셀러가 있다. 와인 보관을 생각한다면 좀 더 큰 놈으로 구입해야겠지만, 나에게 와인셀러는 다른 의미가 있다. 열두 병들이 와인셀러는 일종의 족쇄다. 그 이상은 구입하지 않겠다는 강력한 의지의 표현이다(에반게리온 초호기의 힘을 억누르는 구속구를 생각하면 된다). 만약 수십 병들이 와인셀러를 구비했다면 우리 집은 진작 파산했을 테니.

86

미지근한 맥주,
차가운 소고기미역국

테탱제 브뤼

Taittinger Brut

와인 마실 때 적정온도 유지가 중요하다고 강조하면 술 하나 마시는데 뭐 그리 번거롭냐며 고개를 절레절레 흔든다. 하지만 그렇게 얘기하는 이들도 맥주나 사이다는 냉장고에 넣어 시원하게 마시고, 차갑게 식은 소고기미역국은 꼭 데워서 먹는다. 미지근한 맥주, 따뜻한 사이다, 차가운 소고기미역국은 솔직히 별로 아닌가. 와인 역시 적정온도 범위를 벗어나면 풍미가 급격하게 꺾인다. 레드 와인, 화이트 와인, 스파클링 와인에 따라 시음 적정온도가 다른 것도 유념해야 할 사항이다. 대략 레드 와인은 섭씨 15~20도, 화이트 와인은 10~13도, 스파클링 와인은 5~9도 정도다.

추상적인 숫자로 얘기하면 뜬구름 잡는 것 같으니 구체적인 사례를 들어보자. 2020년 2월 24일 김포의 떼루아 와인 아울렛 할인 장터에서 테탱제 브뤼 Taittinger Brut 샴페인을 할인가로 구매했다. 아내가 샴페인을 좋아하기도 하고 해산물과 곁들여 마시기에 제격이기도 해서다. 테탱제Taittinger는 와인 제조사, 브뤼Brut는 달지 않은 스파클링 와인을 뜻한다. 같은 해 3월 4일 저녁에 마시기로 결심하고 일찍부터 준비에 들어갔다.

당일 아침 샴페인을 미리 냉장고에 넣었다. 냉장고 내부 온도가 섭씨 5도이니 샴페인 마시기에 딱 좋지 아니한가. 하지만 마음 놓기에는 아직 이르다. 저녁에 꺼내어 마시다가 실내 온도로 인해 샴페인 온도가 상승하면 김빠진 맥주처럼 흐물흐물 매가리가 없어지기 때문이다. 그래서 도우미가 필요하다. 바로 아이스 버킷과 얼음이다.

아이스 버킷이라고 해서 뭐 거창한 물건이 필요한 건 아니다. 얼음을 담을 수 있는 적당한 용기면 된다. 나는 마트에서 푼돈 주고 구입한 투명 플라스틱 재질의 아이스 버킷을 이용한다. 그저 본연의 기능에만 충실하면 되지 않겠나. 아이스 버킷에 얼음을 담고 물을 부은 후 샴페인 병을 푹 담가 저온 상태를 유지한다. 그래야 샴페인의 진정한 풍미를 마지막 잔까지 제대로 음미할 수 있다.

샴페인과 어울리는 최고의 안주는 역시 조개류, 게살, 랍스터이다. 뒤늦게 배달 음식의 매력에 빠진 나는 그날도 배달 앱을 구동했다. 5점 만점에 무려 4.9점에 달하는 조개찜 식당에서 흐뭇한 마음으로 가리비찜과 낙지를 주문했다. 이런 음식을 갓 조리된 상태로 배달받아 먹을 수 있다니, 사람은 역시 오래 살고

볼 일이다.

벨이 울리고 음식이 도착했다. 손바닥만 한 껍질 안에 조약돌처럼 가지런히 놓여 있는 가리비 살이 김이 모락모락 오르는 국물 속에서 온수 목욕을 끝내고 자태를 뽐내고 있다. 수십 년간 젓가락질을 한 나는 조갯살을 집는 것만으로도 그 육질의 기량을 가늠할 수 있다. 냉큼 한 놈을 집어 들었는데, 이건 뭐 젓가락을 통해 느껴지는 푹신하면서도 탱글탱글한 반발력만으로도 침이 고이는 것 아닌가. 고추냉이가 풀어진 맛간장에 가리비 살 끝부분을 살포시 찍어 곧바로 입에 넣는다. 하나도 비리지 않은 신선한 바다 내음이 퍼지는 가운데 탱글탱글한 질감이 저작 운동을 하는 턱 근육을 부드럽게 마사지한다. 어느새 찜 음식 특유의 부드러운 온기가 입안을 가득 채운다.

온탕을 즐겼으니 이제 냉탕에 들어갈 차례다. 옆에서 얼음찜질 중인 샴페인을 잔에 따라 꼬릿한 향을 음미하며 천천히 들이켠다. 특유의 이스트 향에 신선한 과일 풍미, 탄산의 청량함이 섭씨 5도를 살짝 웃도는 시원함으로 가리비의 짭조름한 기운을 개운하게 씻어내린다. 두 음식이 빚어내는 맛의 시너지는 실로 대단해서, 온탕(가리비)과 냉탕(샴페인)을 오가는 맛의 롤러코스터에 혓바닥은 넋이 나갈 지경이다. 다행히 미리 준비한 아이스 버킷 덕분에 샴페인의 냉탕 효과를 가리비 살 최종 한 점까지 꾸준히 유지할 수 있었다. 그게 없었다면 샴페인은 온도 상승으로 싱그러움을 잃고 천덕꾸러기가 되었을 것이다.

와인이 대중화되면서 (샴페인을 포함해) 화이트 와인 계열은 좀 차게 마셔야 좋다는 것이 어느 정도 알려져 있다. 하지만 레드 와인은 별다른 고민 없이 실온에 방치해 마시는 경우가 대부분이다. 겨울철에도 난방 때문에 실내 온도는 섭씨 25도 가까이 올라간다. 한여름에는 말할 것도 없고. 이런 온도에 레드 와인을 장시간 방치하면 온도 상승으로 풍미가 떨어진다. 그런 이유로 나는 레드 와인을 마실 때도 필요한 경우 아이스 버킷을 준비한다. 찬물 혹은 얼음물을 담아 놓고, 와인을 마시다가 온도가 너무 올라갔다 싶으면 와인 병을 버킷에 담가 온도를 적당히 낮춘다.

온도에 따라 변하는 와인의 풍미는 마치 꽃봉오리와도 같다. 온도가 너무 낮으면 꽃잎을 닫아서 꼭 움츠리고, 온도가 너무 높으면 꽃잎이 너무 벌어져 상쾌함과 생기가 떨어진다. 이런 건 백날 말로 설명해 봐야 직접 경험하지 않으면 알 수 없다. 궁금하다면 실험해 보기를 권한다. 와인을 마시기 한참 전에 냉장고에 넣어뒀다가 꺼내서 여유를 가지고 천천히 마셔보면, 온도가 와인의 맛과 향에 얼마나 큰 영향을 끼치는지 절감할 수 있다. 와인을 마실 때 잔의 볼 부분을 잡지 않고 가느다란 줄기 부분을 잡는 이유도 와인의 온도에 영향을 미치지 않기 위해서다. 절대 겉멋 부리는 게 아니다. 만약 와인의 온도가 너무 낮다면 와인 잔의 볼을 손으로 감싸 쥐어서 온도를 적절하게 올릴 수도 있다.

와인 전용 온도계를 구입해서 온도를 측정하며 마시는 사람도 있다. 나도 온도계를 이용하면 재밌겠다는 생각은 했지만, 구매로까지 이어지지는 않았다. 내 코와 혀야말로 진정한 생체 온도계이기 때문이다. 나는 코와 혀로 직접 확인하면서 온도를 조절한다. 누가 뭐라 해도 내 코에서, 그리고 내 입에서 가장 맘에 드는 순간이 최적의 온도이기 때문이다.

의외로
인생은 단순하다

2만 원대 최강 와인 TOP5

와인 글을 쓰니 내가 와인을 많이 마실 것이라 지레짐작하는 이들이 많다. 일주일에 한 번 집에서 아내와 와인 한 병을 반씩 나눠 마시는 정도다. 간혹 일주일에 두 번 마시기도 하지만 흔하지는 않다. 과도한 음주는 건강에 좋지 않으니 이 정도 수준으로 조절한다. 한번 생각해보시라. 와인을 너무 좋아한 나머지 책까지 쓰는 사람이 고작 일주일에 한 번 마시니, 그 시간이 얼마나 소중하겠나.

그렇다 보니 이번 주 와인이 맘에 들었다고 다음 주에 또 마시지는 않는다. 1년이라고 해봐야 고작 52주인데, 새로운 와인을 경험하기에도 턱없이 부족한 횟수 아닌가. 그리하여 대부분의 와인은 한 번 이상 경험하지 않는다. 다만 몇몇 와인의 경우 추후 재구매해 마신 적도 있다. 왜냐고? 1년에 52번밖에 안 되는 귀중한 시간을 재차 할애할 정도로 맘에 들었기 때문이다.

지극히 개인적인 판단이겠지만, 1만 원대 초중반의 와인은 그 가격대 와인의 한계 탓인지 극히 일부를 제외하고는 재구매로 이어지지 않았다. 재구매로 이어지는 와인의 최저 가격대는 마트 할인가로 대략 2만 원 언저리였다. '이 와인 꽤 괜찮은데? 다시 마셔볼까?'라는 생각이 떠오르게 만드는 최저 가격대라고

나 할까.

그렇게 재구매로 이어진 2만 원 언저리 와인 중 TOP5를 골랐다. 혹시 광고 아니냐고? 제안이나 한번 받아 봤으면 좋겠다. 자의 반 타의 반으로 전부 내 돈 내고 마신 후 맘에 들어 다시 사 마신 와인들이니 걱정 놓으시라.

5위 콜롬비아 크레스트 H3 메를로 Columbia Crest H3 Merlot

콜롬비아 크레스트Columbia Crest는 제조사, H3은 제품명, 메를로는 포도품종이다. 매장 직원의 추천으로 구입해 2017년 10월에 마셨다. 미국 와인 특유의 연유 향이 올라오면서 부드러운 목 넘김이 상당히 인상적이었다. 당시 2만 5,000원에 구입한 것으로 기억한다. 와인 관련 문의 사항이 있을 때만 연락 오는 얌체 지인과의 고깃집 회동에 일부러 가지고 나가 함께 마실 정도로 캐주얼하면서 만족스러운 와인이다.

프랑스 와인이 대체로 자연스러운 느낌이라면, 미국 와인은 맛과 향에서 소비자가 선호할 만한 요소를 인위적으로 강화한 느낌이 있다. 미국 와인의 그런 느낌을 종종 '화장빨' 혹은 'MSG'라고 표현하기도 한다. 와인에 그런 인위적 풍미가 과도

하면 쉽게 질리기도 하는데, 콜롬비아 크레스트 H3 메를로의 경우는 화장빨이 과하지 않게 잘 먹힌 경우라 하겠다.

〈와인 스펙테이터〉 2009년 올해의 와인 TOP100 중 이 와인의 2007 빈티지가 43위에 뽑혔다. 노파심에 얘기하자면, 2009년에 전 세계 와인 중에 43번째로 맛있었다는 의미가 아니다. 〈와인 스펙테이터〉 TOP100은 맛뿐만 아니라 가성비 등 여러 요소를 고려해 결정되기 때문이다. 아무튼 가성비가 공인된 와인임에는 틀림없다.

4위 산타 리타 메달야 레알 카베르네 소비뇽
Santa Rita Medalla Real cabernet sauvignon

산타 리타 Santa Rita는 제조사, **메달야 레알**Medalla Real은 제품명, 카베르네 소비뇽은 포도품종이다. 2018년 5월 결혼기념일에 근사한 레스토랑에서 아내와 함께 마시며 좋은 인상을 받은 칠레 와인이다. 당시 코스 요리에 곁들일 글라스 와인으로 주문했다. 별다른 기대 없이 한 모금 넘겼는데, 무게중심을 잡아주는 나름 묵직한 타닌에 입맛을 돋우는 신선한 산미가 더해져 상당히 인상적이었다. 코스 요리에 곁들여 마시는 내내 만족스러워서 와인 이름을 물어보고 한 잔을 추가 주문했다.

그후 우연히 와인 매장에서 발견하고 반가운 마음에 할인가 2만 원에 구매해서 마셨다. 직접 준비한 안주가 레스토랑 코스 요리만 못해서인지 와인과 음식의 궁합이 결혼기념일만큼 인상적이지는 않았지만, 역시 기대한 만큼의 가성비를 보여주었다. 2만 원대 초반에 구입하면 상당히 만족스러울 것이다. 2004 빈티지가 〈와인 스펙테이터〉 2007년 올해의 와인 TOP100 중 49위를 차지했으니 가성비 공인 와인이라 하겠다.

3위 펜폴즈 로손 리트리트 콜렉션 시라즈
Penfolds Rawson's Retreat Collection Shiraz

펜폴즈Penfolds는 호주의 와인 제조사, 로손 리트리트 콜렉션 Rawson's Retreat Collection은 제품명, 시라즈는 포도품종이다. 2019년 이마트 국민 와인 시리즈 중 네 번째 와인인데, 당시 매장 직원의 추천으로 1만 9,800원에 샀다. 일전에 호주 와인에서 특유의 고무 향 비슷한 느낌이 거북했던지라 큰 기대 없이 마셨는데, 그런 불편한 느낌은 없고 기대 이상으로 맛있어서 깜짝 놀랐다. 특히 모나지 않고 얄미울 정도로 균형 잡힌 맛이 무척 인상적이었다. 이 와인 덕분에 호주 와인에 대한 인상이 180도 바뀌었다.

당시 너무 만족스러워 페이스북에 와인 사진과 함께 다음과 같이 글을 올렸다.

"요즘 와인 타율이 높다. 마시면 최소한 2루타 이상이다. 이 놈도 가성비가 쥑이네!"

나보다 먼저 이 와인을 경험한 페이스북 친구들이 다음과 같이 댓글을 달더라.

"저는 이것 때문에 이마트 자주 갑니다. 진짜 가성비 최고 같아요."

"저도 매장 매니저 추천으로 마시고 깜짝, 가성비 갑입니다."

무슨 설명이 더 필요하겠는가.

2위 콘차 이 토로 그란 레세르바 카르메네르
Concha y Toro Gran Reserva Carmenere

콘차 이 토로는 칠레의 와인 제조사, 그란 레세르바Gran Reserva는 제품명(이라고 하기는 애매하지만 그렇다고 해두자), 카르메네르Carmenere는 포도품종이다. 마트에 가면 항상 보이는 흔한 놈이다. 그래서 오히려 손이 잘 안 갔는데, 어쩌다 한 번 마시고 상당히 만족스러워 수차례 구매해 마셨다. 마트에서 대략 2만원 정도에 판매한다. 칠레의 대표 품종 카르메네르의 매력을 잘 보여주는데, 다음에 나올 1위 와인보다 가격도 훨씬 저렴해 이 와인을 1위로 할까 고민했을 정도로 만족스러운 와인이다.

손님 접대할 때 내놓으면 다들 좋아하더라. 작가인 아내가 《화가의 출세작》을 출간했을 때 출판사 분들을 집으로 초대했다. 그날 그루에Gruet 샴페인, 《신의 물방울》 와인으로 유명한 푸피유Poupille, 그리고 이 와인을 내놓았다. 그루에는 2만 9,800원이고 푸피유는 할인가가 4만 원대이니 둘 다 콘차 이 토로 그란 레세르바보다 비싸다. 그럼에도 불구하고 출판사 분들은 모두 콘차 이 토로 그란 레세르바를 제일 맛있는 놈으로 꼽았다. 게임 끝!

1위 몬테스 알파 카베르네 소비뇽
Montes Alpha Cabernet Sauvignon

몬테스Montes는 칠레의 와인 제조사, 알파Alpha는 제품명, 카베르네 소비뇽은 포도품종이다. 솔직히 이렇게 구구절절 설명하는 것도 민망하다. 와인은 잘 몰라도 몬테스 알파는 들어봤다고 할 정도로 유명한 와인 아닌가. 남들이 한목소리로 칭찬하면 일부러 피하는 비뚤어진 성격의 나조

차도 이거 마시고는 인정했다. 1865와 함께 국민 와인이라 불리는데, 확실히 유명세에 걸맞은 퍼모먼스를 보여준다. 마트에서 할인 행사 때 2만 원대 중후반으로 구매하면 좋은 선택이다.

참고로 라벨에 몬테스가 적혀 있다고 무턱대고 구입하면 실수할 수 있다. 몬테스 사의 와인에도 여러 종류가 있기 때문이다. 꼭 알파까지 확인하고 구매하길 바란다(사실 내가 헷갈렸다). 복잡할 것 뭐 있는가, 의외로 인생은 단순하다. 몬테스 알파 마신 날, 몬테스 알파 안 마신 날, 어느 날이 더 기분이 좋겠는가? 이미 답은 정해져 있다.

맨정신에
어찌 살 수 있겠는가

2 장

와인의 힘을
빌릴 뿐

몰리두커 더 복서 시라즈 2017

Mollydooker The Boxer Shiraz 2017

코로나바이러스의 영향이 실로 막대하다. 모든 사람이 외출 시 마스크로 입을 막고 다니며, 재택근무하는 직장인이 크게 늘었다. 아이들은 학교에 가는 날보다 가지 않는 날이 훨씬 많다. 음주 문화 역시 코로나의 영향을 피할 수 없어서, 집에서 술을 마시는 '홈술족'이 크게 증가했다. 덕분에 편의점 와인 매출이 대폭 상승했다고 한다.

하지만 그렇게 막강한 코로나바이러스도 나의 생활 패턴에 큰 변화를 주지는 못했다. 작가인 나는 원래부터 재택근무였다. 번듯한 작업실이나 한적한 커피숍에서 에스프레소의 온기를 느끼며 작업하는 작가도 있겠으나, 그건 통장에 인세 팍팍 꽂히는 사람 얘기일 뿐. 침대에서 빠져나온 아침부터 다시 침대로 기어들어 가는 밤까지 의복의 변화가 없다. 달라지는 것이라고는 허리가 아파서 글 쓰는 자세를 조금씩 바꾸는 정도랄까. 예컨대 몸의 균형을 위해 양반다리 포개는 순서를 바꾼다든지.

난 원래부터 홈술, 아니 홈와인이었다. 밖에서 와인 마시면 돈이 엄청 깨지니까. 뭐든 집이 훨씬 싸다. 술 사준다고 나오라는 이도 없다. 고만고만한 사회과학 작가가 뭐 볼 것 있다고 불러내 술을 사주겠는가. 2006년부터 지금까지 작가 생활하며 대부분의 인간관계가 단절되었다. 작가란 참으로 고독한 직업이다. 나는 일반인이 코로나 사태를 겪을 때나 사는 삶을 진작부터 살고 있었구나.

그렇다고 내 삶에 아주 변화가 없는 것은 아니다. 코로나 이후 홈와인 생활에 다소 변화가 일어났다. 음주 빈도가 늘어난 것이다. 코로나 이전에는 일주일에 한 번 정도였는데 지금은 주 2회, 아주 가끔 3회 마시는 경우가 있다.

이유는 두 가지다. 첫째 초등학생 두 딸이 집에 있는 날이 많다. 원래대로라면 애들은 학교에 가고 나와 아내는 집에서 글을 쓸 터다(아내 역시 작가다). 그런데 요즘엔 온종일 4인 가족이 집에서 징글징글하게 붙어 있다. 진정한 믿음, 소망, 사랑의 종교로 거듭나기 위해 타락한 교회에 반기를 들고 개혁의 횃불을 들었던 마르틴 루터조차 자녀들에게 이렇게 얘기했단다.

"너희들이 해놓은 짓을 보고도 내가 너희들을 사랑해야만 하는 거냐? 집안을 온통 쑥대밭으로 만들고 이 방 저 방을 돌아다니며 소리를 질러대는데도?"

코로나 이후 글 생산성이 바닥을 뚫고 지하로 들어갔다. 어찌 맨정신으로 살 수 있겠는가. 와인의 힘을 빌릴 뿐.

둘째 이유는 돈벌이 문제다. 나와 아내는 백수와 종이 한 장 차이라는 프리랜서 작가다. 코로나 이전에도 다른 맞벌이 부부에 비해 수입이 적었지만, 코로나 이후에는 더욱 팍팍해졌다. 여기저기 기고한 글의 원고료, 출간한 책의 인세가 간간이 입금되지만 애초에 4인 가족의 생계유지에는 턱없이 부족한 액수다. 그동안은 나와 아내가 저자로서 이런저런 곳에서 강의하고 받은 강연료를 합쳐 어느 정도 생계를 유지할 수준이 되었다.

그런데 알다시피 코로나로 인해 대부분의 강연이 취소되었다. 그야말로 산 입에 거미줄 쳤다. 2018년부터 2019년까지 팟캐스트 〈정영진 최욱의 매불쇼〉에 고정 게스트로 출연했는데, 거기서 "아이큐가 고정수입보다 높은 남자 임승수입니다"라고 스스로를 소개했다. 중학교 때 측정한 아이큐가 156(아니면 154)이었는데 매달 고정수입이 156만 원보다 적으니 그걸 개그 소재로 쓴 것이다. 그때는 고정수입 외에 간헐적인 강연 수입이 있어서 전체 수입은 사실 더 많았다. 하지만 코로나 이후 강연이 줄줄이 취소되어 전체 수입이 진짜로 아이큐보다 적을 지경이다. 어찌 맨정신에 살 수 있겠는가. 술이나 까야지.

  그러면 한 푼이라도 아껴야지, 왜 그렇게 술만 퍼먹느냐고? 예전에 사놓은 와인을 꺼내 마시고 있을 뿐이다. 코로나바이러스 유행으로 모두가 힘들지만, 알다시피 소상공인, 자영업자, 프리랜서, 비정규직 노동자가 특히나 더 큰 어려움을 겪고 있다. 우리 부부는 가장 타격이 심한 그 업종에 동반 종사하고 있다.

  2020년 3월 7일 토요일이었다. 애들은 종일 집에서 떠들고 싸운다. 도떼기시장이 된 집구석 탓에 글쓰기는 진척이 없다. 수입은 대폭 줄었으나 지출은 꾸준하다. 사회 분위기는 더할 수 없이 가라앉았다. 이런 암울한 분위기를 한 방에 날려버리고 싶은 마음에 권투장갑 낀 캐릭터가 돋보이는 몰리두커 더 복서 시라즈Mollydooker The Boxer Shiraz 2017을 꺼냈다.

  호주 와인인데 강렬한 존재감을 뿜어내는 시라즈 품종으로 만들었다. 권투장갑 낀 캐릭터가 뽀빠이를 닮았다. 세계적인 와인 평론가 로버트 파커가 최고의 가성비 와인으로 꼽았으며 와인 애호가들이 즐겨 마시는 유명한 와인이다. 물론 호주에서 우리나라로 건너오는 순간 퀀텀 점프 수준의 가격 상승으로 가성비에서 다소 멀어지기는 하지만.

코로나 사태 이후 애용하게 된 배달 앱에서 오겹살을 주문했다. 함께 배달된 명이나물에 노릇하게 구워진 오겹살 한 점을 올려서 입에 넣었다. 명이나물만큼 돼지고기의 느끼함을 잘 잡아주는 놈이 또 있을까. 이제 알코올로 혓바닥을 세척할 차례다. 잔에 담긴 빨갛다 못해 보랏빛까지 느껴지는 진득한 액체를 입에 머금었다. 라벨은 촌스러운 뽀빠이인데 맛과 향은 기똥차구나. 풍미가 엄청나게 강한데도 목에서 넘어가는 느낌은 비단처럼 부드럽고 매끄럽다. 아내는 이렇게 향과 맛이 일치하는 와인은 처음이라며 연신 감탄이다.

인생 뭐 있나 싶다. 술이 맛있으면 그만이지. 아내는 그런 내가 단순해서 편하고 좋단다. 나도 아내가 편하고 좋다. 술 마시면서 아무 말 안 해도 어색하지 않으니까. 공기처럼 자연스러운 관계, 그것이 가족이겠지. 적절히 취기가 올랐다. 애들은 내가 술 마시면 항상 절묘한 타이밍에 나를 꼬드긴다. 오늘은 여덟 살짜리 둘째다.

"아빠, 과자 사러 가자!"

"알았어! 뭐 먹고 싶어?"

"나는 가서 보고 고를게. 언니는 칸쵸. 엄마는 참ing."

아이랑 손잡고 집 앞 GS25로 이동 중이었다. 마침 맞은편에서 한 남성이 담배를 피우며 다가온다. 그 남성이 지나가자 둘째가 조용한 목소리로 말을 건넨다.

"아빠, 나 숨 안 쉬었어."

"담배 때문에? 몸에 안 좋으니까?"

"엉. 손으로 코를 막지는 않았어. 혹시 그 사람이 보고 기분 상할까 봐."

별 얘기도 아닌데, 술기운 때문인가? 눈시울이 시큰하다. 잘 컸구나. 오늘 뽀빠이 와인을 안 마셨으면 둘째가 과자 사러 가자고 나를 꼬드기지 않았을 것이고, 그러면 담배 피우는 남성과 마주치지 못해 우리 둘째의 기특한 말을 듣지 못했을 테고, 그 탓에 소중한 기억을 남기지 못했을 것 아닌가. 앞으로 몰리두커 더 복서 시라즈를 마실 때면 우리 둘째의 기특한 말이 떠오르겠구나. 역시 술 마시기 잘했다.

어렵고 힘든 시기일수록 가족과 보내는 소소한 시간이 큰 힘이 된다. 꼭 마트까지 안 가더라도 대충 편의점 와인에 배달 음식이면 어떤가. 가족과 즐겁게 먹고 마시면 그보다 더한 진수성찬이 없다. 대한민국 모든 프리랜서 파이팅!

어떤 잔으로
마시겠습니까

돔 페리뇽 빈티지 2006

Dom Pérignon Vintage 2006

와인에 관심을 가진 후 한동안 레드 와인 위주로만 마셨다. 그러다가 2017년 5월에 모 백화점 와인 매장 직원의 추천으로 자크송 퀴베 넘버 737 엑스트라 브뤼Jacquesson Cuvée No. 737 Extra-Brut를 마시고 샴페인에 관심을 갖게 되었다. 꽂히면 훅 들어가는 성격 탓에 다음번 샴페인으로 그 유명한 돔 페리뇽 빈티지Dom Pérignon Vintage 2006을 덜컥 구입했다. 샴페인이 프랑스 샹파뉴 지방의 스파클링 와인을 의미한다든지, 냉장고에 보관했다가 차게 마셔야 한다는 얘기는 좀 미뤄두자.

그림 가운데는 2017년에 마셨던 돔 페리뇽이다. 왼쪽에는 슈피겔라우Spiegelau 사에서 제작한 샴페인 전용 플루트 잔이 있고, 오른편에는 리델Riedel 사의 부르고뉴 잔이 있다. 자! 당신은 돔 페리뇽 빈티지 2006을 어떤 잔으로 마시겠는가?

샴페인은 역시 플루트 잔에 마셔야지, 하면서 왼쪽의 길쭉한 잔을 선택했는가? 2017년 7월 1일에 내가 그렇게 마셨다. 길쭉한 형태가 기포를 관찰하기 좋고, 샴페인은 차갑게 마셔야 풍미를 제대로 느낄 수 있으니 공기와의 접촉면이 좁은 플루트 잔의 형태는 저온 유지에도 유리할 테다. 역시 스파클링 와인 전용으로 제작된 플루트 잔이 당연한 선택으로 보인다.

하지만 지금의 나라면 돔 페리뇽을 오른쪽 부르고뉴 잔으로 마시겠다. 기포 관찰이나 저온 유지의 측면에서 보면 부르고뉴 잔의 기능성이 확실히 플루트 잔보다 떨어진다. 하지만 부르고뉴 잔을 이용하면 돔 페리뇽의 뛰어난 맛과 향을 더욱 풍부하게 느낄 수 있다. 플루트 잔의 길고 좁은 형태를 보라. 돔 페리뇽 와인의 향을 한껏 품어 안을 공간이 없지 않은가. 반면 부르고뉴 잔은 뚱뚱한 배때기에 샴페인의 절륜한 향기를 한껏 품었다가 나의 콧구멍에 덤프트럭이 흙 쏟아붓듯 퍼부어준다. 실제 스파클링 와인을 플루트 잔과 뚱뚱한 잔에 따라 양쪽의 향을 비교한 적이 있다. 결과는? 뚱보의 압승!

　향도 풍성하게 즐기면서 동시에 기포도 제대로 감상하고 싶은데, 그렇다면 한쪽은 포기해야 하는가? 걱정 마시라. 두 마리 토끼를 잡기 위해 고안된 샴페인 잔이 있다. 그림을 보면 왼쪽에는 플루트 잔, 오른쪽은 부르고뉴 잔, 가운데가 일종의 절충형 잔이다. 가운데 잔의 형태를 보면 아래쪽은 원뿔처럼 길게 빠져서 기포를 감상하기 유리하며, 위쪽으로 갈수록 넓어져서 와인의 향을 품을 수 있는 공간도 확보한다. 물론 바꿔 생각하면 플루트 잔보다는 저온 유지나 기포 감상에 불리하고, 부르고뉴 잔만큼 향기를 한껏 품지는 못한다. 그러면 도대체 어쩌란 말이냐? 나라면 저가 스파클링 와인은 플루트 잔이나 절충형 샴페인 잔에 마시고 향을 제대로 탐닉할 필요가 있는 고급 샴페인은 부르고뉴 잔에 마시겠다.

　와인 잔의 세계는 여기가 끝이 아니다. 와인 잔 네 개가 차례로 진열된 그림을 보자. 왼쪽부터 보르도 잔, 부르고뉴 잔, 화이트 와인 잔, 디저트 와인 잔이다. 뭐 이렇게 종류가 많으냐며 짜증낼 지도 모르겠지만, 나름의 이유가 있다. 음용 온도, 와인과 혀의 접촉면, 집향 기능 등을 고려해 크기와 형태에 차이를 두는 것이다.

　보르도 잔은 카베르네 소비뇽이나 시라같이 바디감 묵직한 레드 와인에 적합하다. 뚱뚱한 부르고뉴 잔은 피노 누아처럼 섬세한 향의 레드 와인에 적합하다. 화이트 와인 잔은 레드 와인 잔에 비해 크기가 작다. 화이트 와인은 대체로 차갑게 마시므로, 공기 접촉면을 줄여 온도 상승을 늦추기 위함이다. 디저트 와인 잔은 화이트 와인 잔보다 더 작다. 당도와 알코올 도수가 높은 디저트 와인을 마시기에 적합한 형태로 제작한 것이다. 위스키나 소주잔을 봐라. 작지 않은가.

그렇다면 제대로 와인을 즐기기 위해서는 종류별로 잔을 구비해야 하는가? 기능성에 차이가 있는 것은 분명하고 와인을 더욱 깊이 즐길 수 있는 것은 맞지만, 그게 '필수'냐고 묻는다면 나는 아니라고 답하겠다. 솔직히 나도 와인 매장에서 증정품으로 받은 잔이 대부분이다. 귀찮아서 잔 하나로만 마시겠다면 그것도 괜찮다. 다만 그럴 때는 부르고뉴 잔이나 보르도 잔같이 상대적으로 큰 잔을 권하고 싶다. 섬세한 향도 잘 품어내기 때문이다. 솔직히 말해 와인 잔 제조사의 상업적 목적도 와인 잔 다양화에 역할을 하지 않았나 싶다. 소비자가 여러 개를 구비하는 쪽이 와인 잔 제조사의 매출과 이윤 증가에 도움이 되지 않겠나.

그렇다고 '내 맘대로 마실래!' 하면서 종이컵이나 사기그릇에 마시지는 않았으면 좋겠다. 그런 데에 마시면 비싼 돈 주고 구입한 와인의 진가를 제대로 느낄 수 없다. 못 믿겠는가? 궁금하다면 직접 종이컵과 와인 전용 잔으로 실험해보시라. 아무리 둔감한 사람이라도 현격한 차이를 절감할 것이다. 단순히 있어 보이려고 와인 전용 잔에 마시는 게 아니다. 와인을 제대로 음미하는 데에 최적의 형태로 진화한 것이 오늘날의 와인 잔이다.

그러고 보니 뼈아픈 경험이 떠오른다. 2017년 11월 15일의 일이다. 가족 여행으로 아이슬란드를 거쳐 런던의 한 숙소에 머물고 있었다. 아이슬란드 체류 기간 내내 햇반과 오뚜기 3분 카레로 온 가족이 버텼다. 아이슬란드의 상상을 초월하는 물가 때문이기도 했지만, 실은 런던의 와인 매장 헤도니즘Hedonism에서 프랑스 부르고뉴 와인을 한 병 구입하기 위해서였다.

도멘 콩트 조르주 드 보귀에 뮈지니
그랑 크뤼 퀴베 비에이 비뉴 2008

Domaine Comte Georges de Vogüé Musigny
Grand Cru Cuveé Vieilles Vignes 2008

도멘 콩트 조르주 드 보귀에Domaine Comte Georges de Vogüé는 와인 제조사, 뮈지니Musigny는 포도밭 이름, 그랑 크뤼는 최고 등급의 와인이라는 의미, 퀴베 비에이 비뉴Cuveé Vieilles Vignes는 수령이 오래된 포도나무로 와인을 만들었다는 뜻이다. 오래된 포도나무 쪽이 와인의 품질이 더 좋기 때문이다. 이 긴 와인 이름을 짧게 요약하자면 '나 엄청 잘난 와인이야'라는 뜻이다.

내가 언제 이런 와인을 이 가격에 마셔보겠는가? 런던이니까 가능하지! 엄청난 기대감에 구입해 객실에서 무작정 코르크를 열었다. 그런데 문제가 발생했다. 숙소에 있는 와인 잔이 너무 작았다. 이렇게 훌륭한 와인의 잠재력을 제대로 끌어내리려면 뚱뚱한 부르고뉴 잔이 필요한데, 어쩌나? 와인 애호가가 득실득실한 런던이니까 웬만한 숙소에 부르고뉴 잔쯤은 있을 줄 알았던 나의 판단 착오였다. 이거 마시려고 햇반에 3분 카레로 내내 연명했는데, 너무나 당황스러웠다. 코르크를 열지나 않았으면 모르겠지만 이미 일은 벌어졌다.

밤중에 런던 거리로 뛰어나가 부르고뉴 잔 구하러 이리저리 돌아다녔지만 허탕이었다. 아내는 와인 하나 가지고 호들갑이라고 구박하고. 결국 근처 만물상 같은 가게에서 요상한 유리잔 하나 구해서 대충 마셨다. 이런 와인은 부르고뉴 잔을 이용해 안에 품고 있는 잠재력을 최대한 끌어냈어야 했는데! 잔에 따라 풍미가 얼마나 차이 나는지 잘 알고 있는 내 입장에서는, 그때만 떠올리면 입맛이 쓰다.

아뿔싸!
와인이 변질되었다

샤토 로장 가시 2013

Château Rauzan-Gassies 2013

마르크스주의 책 쓰는 사람이 와인 글도 쓰니 나보고 강남좌
파란다. 서울 금천구 독산동 사는 사람 보고 강남좌파라니! 하
긴 한강 남쪽 맞구먼. 그런 지리적 의미라면 강남좌파 인정. 근
근이 생계를 유지하는 사회과학 작가 주제에 와인과 사랑에 빠
지면 안 되는 거였다. 그 탓에 고통스러운 선택이 일상이 되었
다. 1년에 몇 번 없는 떼루아 와인 아울렛 와인 장터. 애호가에
게는 와인을 합리적인 가격에 구매할 수 있는, 그래서 생일보다
더 기다려지는 그런 날이다. 2,000개가 훨씬 넘는 할인 리스트
에서 호주머니 사정을 고려해 총액 20만 원 아래로 선별하는 과
정은, 사랑하는 대상에 대해 포기하는 법부터 익혀야 하는 비극
의 주인공 같은 정서를 느끼게 만든다.

아무튼 장터 기간인 2020년 2월 24일 월요일
오전 떼루아를 방문해 몰리두커 더 복서 2017, 테
탱제 브뤼, 그리고 문제의 샤토 로장 가시Château
Rauzan-Gassies 2013, 이렇게 세 병을 구입했다. 와
인을 눈앞에 두고 발휘할 인내심 따위는 1도 없기
에, 구매 당일 저녁에 샤토 로장 가시 2013을 마시
기로 결심했다. 샤토 로장 가시는 프랑스 보르도
마고 지역 와인인데, 2013년 보르도는 포도 작황이 유난히 좋지

않았다. 그러면 왜 샀냐고? 싸니까! 어쨌든 보르도 마고 지역에서 나름 인지도 있는 와인이니 살짝 기대하며 마개를 열었는데, 아뿔싸!

코르크를 보니 열화 와인Cooked Wine일 가능성이 있었다. 열화 와인이 뭐냐고? 와인 보관 상태가 양호하다면, 일반적으로 코르크와 와인이 닿는 둥근 면만 빨갛게 착색된다. 하지만 열화 와인 코르크는 와인이 옆면으로 치고 올라온 흔적이 선명하다. 그 흔적의 형태가 마치 와인이 끓어오른 것 같다고 해서 '끓은' 와인이라 부르기도 한다. 와인은 열에 민감해서 섭씨 30도 혹은 그 이상의 온도에 장시간 노출되면 변질되는데, 그 과정에서 코르크 옆면으로 끓은 흔적을 남긴다. 정도가 심하면 와인이 병 밖으로 새어 나와 알루미늄 포일에 묻고, 그 탓에 포일이 병에 달라붙기도 한다.

이런 현상을 아는 애호가들은 끓은 와인을 피하기 위해 구매 전에 알루미늄 포일을 잡고 좌우로 돌려본다. 잘 돌아가면 적어도 와인이 병 밖으로 넘치지는 않은 것이니. 다만 와인 중에는 제조 방식으로 인해 알루미늄 포일이 병에 밀착되는 경우도 있으니, 포일이 움직이지 않는다고 무조건 끓었다고 판단하는 것은 섣부를 수 있다.

병 밖으로 와인이 새어 나올 정도라면 바로 교환 및 환불을 요청해도 무방하지만, 코르크 옆면으로 조금 치고 올라온 정도라면 무턱대고 교환 및 환불 요청을 하기에는 애매하다. 그 정도의 흔적이라면 맛과 향은 괜찮은 경우가 많기 때문이다. 그래서 우선 와인을 음미하며 변질 여부를 직접 확인할 필요가 있다.

와인이 심하게 끓었다면 설탕이나 잼을 끓인 듯한 향에다가 신맛이 도드라지고 신선한 과실 풍미가 약해진다. 마개를 연 후 와인을 잔에 따르고 시간 간격을 두고 조금씩 마셔본다. 날카로운 신맛만 계속 도드라지고 과실 향이나 여타 풍미가 잘 살아나지 않는다면 코르크로 다시 막고 매장에 가져가 교환 및 환불 요청을 하면 되는데, 여기서 몇 가지 주의할 사항이 있다.

다 마셔버리고 요청하면 교환 혹은 환불이 어렵다. 매장에서도 변질 여부의 확인이 필요하지 않겠나. 텅 빈 병을 가져와 코르크 마개의 흔적만 보여주면 곤란하다. 그러니 절반 이상(되도록 많이) 남겨서 가져가자.

빨리 가져가는 것도 중요하다. 와인은 공기에 장시간 노출되면 쉽게 산화된다. 며칠 있다 가져가면, 끓어서 맛과 향이 변한 건지 개봉 후 공기와 오래 접촉해서 산화됐는지 판단이 어렵다. 가능하면 당일이나 다음 날까지는 와인을 지참해 매장을 방문하자.

마신 당일에 와인이 끓은 것을 확인하고 대부분을 남겨 매장에 찾아가면 아무 문제 없을까? 안심하기엔 이르다. 구입한 지 오래됐다면 교환이 어려울 수 있다. 구입 당시 이미 끓은 상태였는지 집에서 보관 중에 변질됐는지 판단하기 어렵기 때문이다.

정리하면 다음과 같다. 구매일로부터 오래 지나지 않았으며, 와인의 절반 이상은 병에 남아 있고, 와인 개봉 당일이나 늦어도 다음 날까지는 가져가서, 매장 직원이 맛과 향을 직접 확인할 수 있어야 교환 및 환불이 원활하다.

노파심에서 얘기하지만, 왜 불량 와인 팔았냐고 직원에게 따지면 곤란하다. 판매하기 전에 일일이 알루미늄 포일을 벗기고 코르크 상태를 확인할 수는 없는 노릇 아닌가. 매장에서 관리가 소홀했으니 변질된 거 아니냐고? 물론 그럴 가능성도 있지만, 항상 그런 건 아니다. 와인은 수입 과정에서 선박이 적도를 통과하는데, 이때 컨테이너 내부 온도가 상당히 높아진다. 와인 운송에 전문적인 해운사라면 온도 상승을 막기 위해 해수면 아래쪽에 컨테이너를 보관하지만, 설사 그렇더라도 상황에 따라서는 와인이 끓을 가능성이 있다.

고급 와인은 냉장 컨테이너를 이용하거나 항공으로 운송되기 때문에 상대적으로 안전하다. 하지만 저가 와인은 운송료 절감을 위해 일반 컨테이너로 운송되기 때문에 고온에 노출될 확률이 상대적으로 높다. 사정이 이러하니 끓은 와인을 구입했다면 괜히 매장 직원에게 시비 걸지 말고 쿨하게 교환 혹은 환불을 요청하자. 그냥 운이 나빴을 뿐이다. 그렇게 자주 발생하는 일은 아니니 마음 편하게 가지자.

자! 그렇다면 2월 24일 저녁 샤토 로장 가시 2013의 상태는 과연 어땠을까? 결과부터 얘기하면, 아주 즐겁게 마셨다. 솔직히 일반 보르도 와인에 비해 신맛이 살짝 도드라지는 느낌은 있었다. 그렇다고 보르도 와인에서 예상되는 여타 풍미가 약했느냐면 그렇지도 않았다. 머릿속으로 상상해봤다. 지금 이 상태에서 신맛이 살짝 줄어들고 여타 풍미가 강해지면 더 맛있을까?

그렇지 않다. 살짝 존재감을 드러내는 신맛이 되레 입맛을 돋우며, 여타 풍미들도 잘 어우러져 전체적인 구조감이 꽤 균형 잡힌 느낌이다. 그러한 판단을 토대로 나름의 결론을 내렸다. 아주 살짝 끓었지만, 오히려 마시기 좋게 변한 것 같다고.

어쩌면 서울에서 김포 떼루아 와인 아울렛까지 다시 왕복하는 게 귀찮아서 억지로 찾아낸 자기합리화일지도 모르겠다. 아무렴 어떤가. 마시는 내가 느끼기에 향 좋고 맛 좋으면 됐지! 이것에는 추호의 거짓도 없다. 물론 끓지 않은 온전한 샤토 로장가시는 어떨지도 궁금하다만, 지금 이 순간만큼은 적도의 작열하는 태양열을 견디며 나에게 도달한 이놈에게 집중하련다. 굴곡 없이 살아온 인생도 근사하지만, 사연 있는 인생이 감동을 줄 때도 있지 않은가.

다시는 이전으로
돌아갈 수 없을 것이다

숙성 와인의 진가를 가르쳐준 와인5

와인도 인간처럼 나이를 먹는다. 장기 숙성이 가능한 고급 와인은 최소 10년 이상 숙성되어야 비로소 진가를 드러낸다. 태어난 지 몇 년 안 된 아기 와인과 20년간 병 속에서 나이를 먹은 중장년 와인은 맛과 향의 풍부함과 깊이에 큰 차이가 있다. 그 맛을 경험한 혀는 다시는 과거로 돌아갈 수 없다. 나 역시 그 맛을 아는 혀가 되어버렸다.

어린 와인이더라도 좀 오래 브리딩을 하면 나름 마시기 괜찮지 않냐고? 지극정성으로 브리딩을 해봐야 성숙한 와인의 느낌은 나오지 않는다. 아이에게 성장촉진제를 투여한다고 순식간에 성인이 될 리가 없지 않은가. 숙성 와인의 매력을 경험하는 것은 와인 애호가에게 일종의 성인식과 같다.

나에게 숙성 와인의 매력을 깨닫게 한 다섯 와인을 소개한다. 참고로 말해둔다. 장기 숙성이 가능한 와인은 대체로 고가다. 아무리 내가 와인에 미쳤어도 사회과학 책 써서 그냥저냥 먹고 사는 살림이라 고가 와인 경험은 많지 않다. 그 빈약하고 협소한 콘텐츠를 토대로 작성한 내용임을 염두에 두고 너그럽게 읽어주기 바란다. 대신 와인을 사랑하는 내 감각과 기억을 신뢰하며 최대한 편견 없이 솔직하게 쓴다.

샤토 레오빌 바르통 Château Léoville Barton

1995 빈티지 시음일 2016년 3월 11일 | 획득경로 해외직구

2009 빈티지 시음일 2019년 6월 21일 | 획득경로 해외직구

프랑스 보르도의 생 줄리앙Saint-Julien 지역 와인이다. 생 줄리앙은 히딩크가 좋아한 와인으로 유명한 샤토 탈보Château Talbot가 생산되는 지역이다. 샤토 레오빌 바르통은 샤토 탈보보다 더 높은 급으로 평가받는다. 1995 빈티지의 첫 잔 느낌은 탑골공원 벤치에 앉아 있는 백발의 노인 같았다. 20년 동안 타닌이 녹아들어 노인이 떠오를 정도로 부드럽고 차분해진 것이다. 숙성 와인은 부드러워진다더니 과연 그러했다.

공기와 접촉하면서 서서히 꽃봉오리가 열리기 시작했다. 첫 잔에서 힘없는 노인 같던 와인이 시간이 지나니 말끔한 양복을 입은 중장년으로 바뀌더라. 숙성된 와인 역시 시간을 두고 천천히 마셔야 뽕을 뽑겠구나. 마시는 내내 믿을 수 없을 만큼 목 넘김이 부드럽고 매끄럽다. 브레이크 없이 술술 넘어가니 너무 빠르게 한 병을 비웠다. 지금 마신다면 더 천천히 마시며 마지막 한 방울까지 음미할 텐데.

2009 빈티지는 2019년에 마셨다. 보르도의 2009년은 역사상 최고의 작황으로 유명한 해이다. 〈와인 애드버킷Wine Advocate〉에서 제공하는 빈티지 차트(1970~2019)에서 2009년 보르도 생줄리앙 지역의 포도 작황은 100점 만점에 무려 99점이다. 얼마나 기대하며 마셨겠는가. 그런데, 아뿔싸! 10년이 지나도 여전히 너무 어리다. 작황이 좋은 해의 와인은 방부제 역할을 하는 타닌이 풍부해서 숙성에 시간이 더 오래 걸린다. 물론 제대로 숙성되었을 때의 맛과 향은 엄청나지만, 그걸 느끼려면 최소 20년에서 30년까지는 보관했다가 마셔야 한다. 그런 인내심이 있었다면 애초에 와인에 빠지지도 않았겠지. 물론 맛은 있었지만 너무 어려서 그 안에 내포된 거대한 잠재력을 제대로 느낄 수는 없었다.

샤토 퐁테 카네 Château Pontet-Canet

2012 빈티지 시음일 2016년 5월 1일 | 획득경로 마트 구매

2007 빈티지 시음일 2017년 11월 4일 | 획득경로 지인 선물

2004 빈티지 시음일 2018년 5월 21일 | 획득경로 해외직구

2013 빈티지 시음일 2018년 9월 14일 | 획득경로 마트 구매

보르도 포이약 지역 와인이다. 포이약은 샤토 라피트 로칠드

Château Lafite Rothschild, **샤토 라투르**Château Latour, **샤토 무통 로**칠드 등 이름만 들어도 아찔한 최고의 와인이 생산된다. 보르도에서도 선두권을 형성하는 와인 산지다. 샤토 퐁테 카네는 이런 괴물들이 존재하는 곳에서도 기죽지 않고 나름 자신의 존재감을 드러내는 와인이다. 2016년에 접한 2012 빈티지는 솔직히 크게 인상에 남지 않았다. 지금 생각하면 마시기에 너무 어렸던 것 같다.

그러다가 2017년에 2007 빈티지를 지인에게 선물로 받아 마셨다. 보르도 2007년은 작황이 매우 좋지 않은 해라 별 기대감 없이 마셨는데, 맛과 향이 상당히 맘에 들어 깜짝 놀랐다. 작황이 안 좋을 때 만든 와인은 타닌이 부족해 여타 빈티지보다 더 빨리 숙성된다. 그러다 보니 10년 만에 충분히 숙성이 진행되어 마시기 좋았던 것이다. 고급 와인은 작황이 안 좋은 빈티지라고 무시할 게 아니라는 것을 깨달았다.

와인은 빈티지에 따라 가격이 크게 차이가 난다. 샤토 퐁테 카네도 2007년보다 2009년이 세 배 가까이 비싸다. 그만큼 빈티지에 따라 품질의 차이가 크다. 하지만 지금 2009 빈티지를 마신다면 여전히 거칠고 어린 와인을 만나게 될 것이다. 빨라도

2030년 이후에나 진가를 느낄 수 있겠지. 하지만 2007 빈티지는 숙성 속도가 빨라 지금이 최고 전성기다. 가격도 상대적으로 저렴하고 숙성된 와인의 매력을 적당히 느끼기에도 좋다.

2018년에 마셨던 2004 빈티지도 숙성된 와인의 특징을 잘 느낄 수 있어서 좋았다. 2013 빈티지는 2018년에 열었지만 의외로 꽤 맛있게 마셨다. 2013년은 2007년보다도 더 망한 보르도 최악의 해라 오히려 지금 마시기에 괜찮았던 것 같다. 마트나 백화점에서 샤토 퐁테 카네 2013 빈티지를 발견한다면 구입해서 지금 마셔도 좋은 선택이라 생각한다.

샤토 코스 데스투르넬 Château Cos d'Estournel

2004 빈티지
시음일 2016년 8월 25일 | 획득경로 백화점 구매

2003 빈티지
시음일 2019년 3월 23일 | 획득경로 해외직구

2013 빈티지
시음일 2019년 9월 28일 | 획득경로 마트 구매

제대로 숙성된 보르도 와인을 마시면 극락행이다. 나는 샤토

코스 데스투르넬을 통해 맛의 극락을 보았다. 샤토 코스 데스투르넬은 프랑스 보르도의 생 테스테프 지역을 대표하는 와인이다. 내가 지금까지 마신 와인 중에서도 내 취향과 너무 잘 맞는, 진심으로 애정하는 와인이다. 마신 순서대로 2004, 2003, 2013 빈티지가 모두 좋았다.

2004 빈티지를 마셨던 순간이 여전히 생생하다. 백화점 단골 매장에서 운 좋게 해외 거래가보다도 싸게 구입했는데, 잔에서 용암처럼 꿈틀거리며 올라오는 그 폭발적인 향기가 진심 충격이었다. 입에 한 모금 머금어 맛을 음미하니 와인이 잘 숙성되면 이렇게 맛있을 수 있구나 싶었다. 생 테스테프의 2004년은 그렇게 작황이 좋지도 않은데, 좋은 해의 와인은 어떨지 진심으로 궁금해졌다.

그래서 해외직구로 2003 빈티지를 공수했다. 빈티지 차트를 보면 2004년이 88점인데 반해 2003년은 95점이다. 2003 빈티지를 마시고, 나는 맛의 무릉도원을 보았다. 감동까지 받았을 정도이니 말이다. 마시는 내내 감탄사를 연발했다. 오! 우와! 대박! 워메! 뿅 간다! 계속 이런 말만 하니 아내가 너무 호들갑 떤다고 뭐라 했던 것 같다.

2013 빈티지는 어린 와인이라 일부러 디캔터까지 사용해 오래 브리딩해서 마셨다. 숙성된 느낌은 없었지만, 어린놈도 정말 맛있었다. 샤토 코스 데스투르넬의 캐릭터 자체가 그냥 내 취향 저격인 것 같다.

알마비바 Almaviva

2011 빈티지 시음일 2019년 7월 19일 | 획득경로 지인과의 술자리

알마비바는 칠레 굴지의 와인 회사 콘차 이 토로와 샤토 무통 로칠드로 유명한 프랑스의 바롱 필립 드 로칠드Baron Philippe de Rothschild가 합작해 만든 칠레의 고급 와인이다. 워낙 유명한 와인인데 그동안 관심을 두지 않았다. 언젠가 콘차 이 토로가 만든 또 다른 고급 와인 돈 멜초Don Melchor를 마시고 내 취향과 안맞아 다소 실망했기 때문이었다. 그러다가 지인이 술자리에 가져온 덕에 2019년에 2011 빈티지를 경험했다.

칠레 와인에 대한 편견을 한 방에 날릴 만큼 진심 맛있더라. 같은 가격대의 웬만한 프랑스 와인보다 더 낫다. 역시 가성비는 칠레구나. 생명력이 펄펄 넘치는 칠레산 자줏빛 액체가 제대로 숙성되어 코와 혀를 자극하니, 지인의 잔은 내팽개치고 내 잔에

만 연신 와인을 따르는 나 자신을 발견하게 되었다. 당시 술자리에서 상당한 긴장감이 조성된 것은 안 비밀. 인간의 사회성도 마비시키는 와인의 위력이라니!

샤토 랭슈 바주

2000 빈티지 시음일 2020년 1월 10일 | 획득경로 해외직구

2014 빈티지 시음일 2020년 3월 31일 | 획득경로 마트 구매

샤토 랭슈 바주는 보르도 포이약 지역의 와인이다. 앞서 언급한 같은 지역 와인인 샤토 퐁테 카네보다 좀 더 높은 평가를 받는다. 이 와인의 2000 빈티지를 마시고 샤토 코스 데스투르넬 2003 빈티지에 버금가는 감동을 받았다. 보르도의 2000년은 빈티지 차트에서 95점을 받을 정도로 작황이 매우 훌륭한 해였는데, 그런 양질의 포도가 20년 동안 잘 숙성되니 더 이상 무슨 말이 필요하겠나. 바로 극락행. 그날도 하도 감탄사를 뿜어내어 아내한테 핀잔먹었다.

2014 빈티지는 역시 마시기에 너무 어렸다. 세 시간 전에 열어서 브리딩을 했지만, 마시는 내내 충분히 열리지 않았다. 그나마 막잔에서 어느 정도 열렸지만, 잘 숙성된 2000 빈티지의

위력에 비할 바는 못 된다. 그래도 좋은 와인이라 꽤 만족스럽게 마셨다. 지금까지의 경험을 토대로 장기 숙성 가능한 고급 와인을 마실 때 고려할 점을 나름 정리했다.

○ 웬만하면 셀러에 보관해 충분히 숙성되기를 기다려 마시자. 일찍 열면 후회한다.

○ 굳이 못 참아서 어린 와인을 마시겠다면 충분히 시간을 들여 브리딩한다. 필요하다면 디캔터도 사용하자. 하지만 분명 마시고 후회할 것이다.

○ 지금 당장 숙성된 와인을 즐기고 싶다면 백화점이나 전문 와인 매장에서 숙성된 빈티지를 구매한다. 하지만 수량이 적어 구하기 어렵고 가격에 거품이 낀 경우가 많다. 원하는 빈티지를 합리적인 가격으로 구매하려면 꽤 발품을 팔아야 할 것이다.

○ 숙성된 와인을 합리적인 가격으로 즐기려면 지금으로서는 해외직구가 최선책이다. 뭐 그렇게까지 할 필요 있냐고? 잘 숙성된 와인의 맛을 경험하면 이 모든 수고가 이해된다.

○ 그러면, 와인 해외직구는 어떻게 하냐고? 그건 이어서 다루겠다.

와인 직구
생활 백서

샤토 마고 2003

Château Margaux 2003

샤토 마고는 샤토 라피트 로칠드, 샤토 무통 로칠드, 샤토 라투르, 샤토 오 브리옹과 더불어 '5대 샤토'라 불리는 보르도의 최상급 와인이다. 카를 마르크스와 함께 《공산당 선언》을 집필한 공산주의 사상가 프리드리히 엥겔스는 행복이 무엇이냐는 질문에 "샤토 마고 1848 빈티지"라고 대답했단다. 소설가 헤밍웨이는 이 와인을 너무 좋아해  심지어 손녀 이름을 마고라고 지었다는데. 나에게 샤토 마고는 좀 다른 의미로 각별하다. 샤토 마고 2003 빈티지가 나의 첫 해외직구 와인이기 때문이다. 와인에 빠지고 두 달밖에 지나지 않은 2015년 11월. 나는 무엇에 홀린 듯 네덜란드 와인 매장 홈페이지에 접속해 샤토 마고 2003을 모셔왔고, 그 이후로 지금까지 매년 2회 정도 꾸준히 와인 직구를 하고 있다.

국내 마트에도 와인이 넘쳐나는데 뭐하러 직구까지 하느냐고? 타당한 지적이다. 예컨대 칠레 와인 시데랄은 한국의 마트에서 할인가로 3만 원대 중반인데 영국의 한 매장에서 2만 원대에 판다. 영국이 더 싸니 직구할까? 어리석은 행동이다. 비싼 해외운송비에 세금까지 고려하면 국내 구입이 바람직하다. 그런 이유로 중저가 와인은 해외직구의 대상이 아니다.

그러면 고급 와인은? 모 마트에서 프랑스 보르도의 고급 와인인 샤토 랭슈 바주 2015를 할인가 19만 9,200원에 팔더라. 프랑스의 유명 와인 매장 홈페이지를 방문하니 현지가격(세금 포함)이 126유로, 한화로 대략 16~17만 원이다. 술에 붙는 세금이 프랑스보다 높은 것을 감안하면 국내 판매가 19만 9,200원은 상당히 좋은 가격이다. 이걸 굳이 프랑스에서 돈 더 들여 직구할 이유는 없다. 고급 와인도 합리적인 가격으로 구매 가능한 세상이 된 것이다. 물론 그런 고급 할인 정보를 얻으려면 발품을 팔아야겠지만 말이다. (똑같은 샤토 랭슈 바주 2015가 다른 마트에서는 할인가 27만 원에 판다. 백화점에서는 훨씬 더 비싸다. 국내 와인 업계의 고질병이다.)

그러면, 도대체 왜 직구를 하는가? 가장 큰 이유는 잘 숙성되어 시음 적기가 된 와인을 구매하기 위해서다. 앞서 언급한 샤토 랭슈 바주 2015의 경우, 와인서쳐에 나오는 시음 적기는 2022년부터 2043년까지이고, 셀러트래커에는 2025년부터 2047년이다. 그러니 이 와인의 진가를 느끼려면 아무리 일러도 2030년 이후에 마시는 게 좋다. 잘 숙성된 고급 와인의 매력은 풋내나는 어린놈과는 비교 불가다. 전혀 다른 와인이라고 보면 된다. 그러면 지금부터 최소 10년은 기다려야 하는데, 와인이 무슨 관상어인가? 셀러에 넣어놓고 10년 동안 감상만 하게. 나는 그런 인내심 1도 없다.

국내 와인 매장에서 발견할 수 있는 가격 착한 고급 와인은 대부분 최근 빈티지다. 잘 숙성된 올드 빈티지 와인도 드물게 출몰하지만, 일단 수량이 너무 적고 해외 가격보다 지나치게 비싸다. 포도 작황이 워낙 좋아 최고로 꼽는 해, 그러니까 보르도로 치면 1982년, 1990년, 2000년, 2009년 같은 그레이트 빈티지의 경우는 거의 보이지를 않는다. 요컨대 국내에서 구하기 어려운 와인이나 10년 이상 잘 숙성되어 시음 적기가 된 고급 와인을 구매할 때 해외직구가 필요하다는 결론이 나온다.

내가 해외직구를 할 때 전적으로 도움을 받은 블로그가 있다. 바로 '와인과 떼루아 blog.naver.com/httpseok'이다. (운영자님, 진심으로 감사합니다!) 후술할 내용은 이 블로그의 와인 직구 내용을 핵심만 간추린 것이다. 더 자세한 내용이 알고 싶다면 블로그를 방문하기 바란다. 그러면 주문 경험이 있는 유럽과 미국을 기준으로 설명하겠다.

와인 매장 찾는 방법

예컨대 샤토 코스 데스투르넬 1990을 구매하고 싶다. 1990년
은 보르도의 그레이트 빈티지다. 어디에서 팔까? 와인서쳐 앱
을 이용하자. 와인서쳐에서 해당 와인을 검색한다.

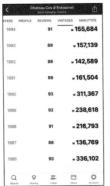  

VINTAGES 항목에서 1990 빈티지를 선택하면 이 빈티지의
관련 정보를 확인할 수 있다.

위 이미지에도 나오듯 REVIEWS 항목을 보면 1990 빈티지
의 시음 적기는 2004년부터 2035년이다. 2020년이면 이 와인
의 최절정기에 접어든다고 볼 수 있다. 지금 마시면 뽕 간다는
얘기. OFFERS 항목을 선택하면 이 와인을 판매하는 매장들을
병당 판매가가 낮은 순서로 보여준다. 각 매장 홈페이지를 구글
로 검색해 적당한 매장을 선택한다.

와인 매장 선택 시 유의사항

웬만하면 유럽 와인은 유럽 매장에서, 미국 와인은 미국 매장에서 사자. 왜냐고? FTA를 적용해 관세를 면제받기 위해서다. 와인 해외직구 때 부과되는 세금은 관세, 주세, 교육세, 부가세를 모두 합치면 구매액의 약 68% 정도다. 그런데 FTA를 적용해 관세가 면제되면 구매액의 약 46% 수준으로 경감된다. FTA를 적용받으려면 유럽 와인은 유럽에서 사고, 미국 와인은 미국에서 사야 한다(면제받는 구체적 방법은 후술하겠다). 또 하나 유의할 점! 한국까지 직배송해주는 매장을 선택하자. 특히 유럽의 경우 와인에 부과되는 현지 세금이 20%가 넘어, 배송대행지를 이용하면 현지 세금까지 추가로 내야 해 부담이 크다.

관세 면제 방법

한국 직배송이 가능한 매장은 홈페이지에서 현지 세금 포함 가격과 세금 제외 가격을 분리해 보여준다. 결제 과정에서 배송지를 한국으로 선택하면 현지 세금을 제외한 가격에 배송비와 소액의 보험료(배송 중 파손 관련)를 합산한 금액이 결제된다.

유럽 와인을 구매할 때 한-EU FTA를 적용받으려면 송장invoice에 원산지가 유럽임을 증명하는 다음과 같은 문구가 삽입

되어야 한다.

"The exporter of the products covered by this document declares that, except where otherwise clearly indicated, these products are of EU preferential origin."

그런 이유로 구매 시 유럽 와인 매장 측에 해당 문구를 송장에 넣어달라고 다음과 같이 '꼭' 요청해야 한다.

—

Could you insert the specific comment and your signature on the invoice?
Just 'copy and paste' the following phrase.

"The exporter of the products covered by this document declares that, except where otherwise clearly indicated, these products are of EU preferential origin."

송장에 해당 문구가 들어가면 통관 시 관세를 면제받아 구매 금액의 약 46% 정도 세금을 낸다. 이 문구가 없으면 관세가 부과되어 약 68%의 세금을 내게 된다.

미국 와인을 미국 매장에서 구매하는 경우, 한-미 FTA에 근거해 1,000달러 미만은 원산지 증명서가 없어도 관세가 면제된다. 다만 1,000달러가 넘는 경우는 원산지 증명서가 필요하다.

내가 주로 이용하는 네덜란드의 모 와인 매장은 UPS을 통해 한국으로 직배송해준다. 통관 시 UPS에서 연락이 오는데, 그때 FTA를 적용해달라고 요청하고 세금을 지급하면 안전하게 집으로 배송된다.

기타사항

유럽 와인인데도 불구하고 미국 매장의 판매가격이 너무 착해서, 관세가 포함된 68%의 세금을 내더라도 유럽 매장보다 이득이면? (거의 없겠지만) 그런 경우는 미국 매장에서 사면 된다. 만약 찾는 유럽 와인이 유럽에 없고 미국이나 홍콩 매장에만 있다면? 관세 포함 68% 세금을 내고 구입해야 한다. 직구할 때 1,000mL 이하 용량 한 병을 주문하면서 물품가격이 150달러 이하이면 원산지 관계없이 관세와 부가세까지 면제받을 수 있다(주세와 교육세는 내야 한다). 하지만 와인 한 병에 150달러 이

하의 직구는 비싼 배송비 탓에 대부분 금전적으로 이득이 없다. 그런 이유로 와인 해외직구를 하는 이들은 목돈이 들더라도 한 번에 세 병 이상 주문하는 경우가 많다.

이 글 쓰면서도 내가 뭐 하는 짓인가 싶다. 첫 해외직구 와인인 샤토 마고 2003이 별로였으면 나도 이 지경까지는 안 왔다. 2015년 12월 25일의 그 순간을 또렷하게 기억한다. 와인을 전혀 모르던 시절, 만화《신의 물방울》을 보다가 주인공 시즈쿠가 샤토 마고를 마신 후 감탄사를 연발하며 클레오파트라를 떠올리는 걸 보고 '염병한다'고 생각했다. 그런데 2015년의 크리스마스 밤, 내가 '염병'하고 있더라. 첫 주문 버튼을 누르기 전에 향후 벌어질 일을 감당할 수 있을지 딱 한 번만 생각하자.

디저트 와인을
제대로 즐기는 방법

샤토 리외섹 2010

Château Rieussec 2010

때는 2015년 10월 4일 저녁. 와인에 넋이 나간 지 채 한 달이 안 되는 걷잡을 수 없는 시기였다. 식탁 위에는 꿀처럼 샛노란 액체가 담긴 유리병이 놓여 있고, 라벨에는 샤토 리외섹Château Rieussec 2010이라고 쓰여 있다. 프랑스 소테른Sauternes 지역에서 생산된 스위트 와인이다. 소테른은 세계 최고의 스위트 와인으로 평가받는 샤토 디켐 Château d'Yquem의 생산지로 유명하다.

고작 레드 와인 몇 병 마셔본 게 전부였던 때라 스위트 와인이 뭔지도 모르던 갓난쟁이 시절. 마트 와인 매장 직원에게 독특한 와인을 추천해달라고 했더니 권하길래 덜컥 구입했다. 그 직원이 냉장고에 넣어 차갑게 마셔야 한다고 신신당부하길래 시키는 대로 했다.

황금색 와인은 무슨 맛이 날지 궁금해하며 입안에 한 모금 털어 넣었다. 이내 눈이 휘둥그레졌다. 맛을 표현할 어휘력이 부족해 시각적으로 표현하는 것을 이해해주기 바란다. 달고나 같은 흑백의 단맛과는 차원이 다른, 빨주노초파남보 총천연색 단맛이 나는 것 아닌가. 혓바닥에 눈이 있다면 미각의 오로라를 감상하는 상태라고 하겠다. 가히 단맛의 문화충격!

황홀경에 빠져 한 잔을 다 비우고 두 잔째를 마시는데, 그때부터 문제가 발생하기 시작했다. 알다시피 강한 단맛은 쉽게 질리기 마련이다. 두 잔 넘어가면서 조짐이 심상치 않다. 너무 강한 자극에 혀가 얼얼하고 머리가 어지럽다. 별다른 고민 없이 준비한 안주도 와인과 전혀 어울리지 않는다. 750mL 한 병을 아내와 억지로 다 마셨는지 조금 남겼는지 기억이 확실하지는 않지만, 어쨌든 다음 날 숙취로 고생했던 기억이 지금도 역력하다.

왜 이런 상황이 벌어졌을까? 스위트 와인을 즐기는 방법을 몰랐기 때문이다. 일반적으로 스위트 와인은 애피타이저와 메인 요리를 즐긴 후 과일, 케이크, 초콜릿, 마카롱 등의 단맛 나는 디저트에 곁들여 입가심 용도로 마신다. 샤토 리외섹 750mL 한 병을 구매했으면, 다음과 같이 이용하는 것이 현명했을 것이다.

평소에는 셀러에 잘 보관했다가 집에 손님이 오는 날 미리 냉장고에 넣는다. 디저트 와인은 일반적으로 어느 정도 차게 마셔야 풍미를 제대로 느낄 수 있기 때문이다. 방문한 손님과 정겨운 시간을 보내다가 단맛 나는 디저트를 즐길 때쯤 냉장고에서 와인을 꺼내 잔에 따른다. 특히 디저트 와인과 블루치즈의 궁합이 좋다고 하니 따로 준비하면 좋겠다.

우리나라의 식문화에서는 디저트 와인을 마시는 경우가 잘 없으니 손님은 이게 뭐냐고 물을 것이다. 처음부터 너무 자세히 얘기하면 설명충이라는 오해를 살 테니, 간단하게 소개하고 직접 마셔보기를 권한다. 별생각 없이 한 모금 마신 손님은 처음 경험하는 무지갯빛 단맛에 안면근육 지진과 더불어 동공이 확대될 것이다. 과일 및 과자류의 감미, 블루치즈의 꼬릿한 느낌이 와인의 무지갯빛 단맛과 시너지를 이루면 그 효과는 배가 된다. 바로 이 순간 친절하고 상세한 정보를 제공하면 당신에 대한 호감도와 신뢰도는 급격하게 상승한다.

스위트 와인은 여타 와인에 비해 잘 변질되지 않는 편이어서 남으면 코르크로 다시 막아 냉장고에 넣어두자. 며칠 이상 충분히 버틸 수 있다. 오히려 사나흘 후가 더 맛있는 경우도 있다. 그러니 한꺼번에 다 비우지 말고 집에서 디저트를 곁들여 한 잔씩 가볍게 즐기는 것도 좋은 방법이다.

샤토 리외섹 같은 프랑스 소테른 지역의 와인은 왜 이렇게 단맛이 강할까? 결론부터 얘기하자면 곰팡이 때문이다. 소테른 지역에서 생산된 스위트 와인을 귀부貴腐 와인이라고도 부르는데, 귀하게 부패한(영어로는 Noble Rot) 와인이라는 의미다. 밤새 안개가 끼고 습하면 포도에 '보트리티스 시네레아Botrytis Cinerea'라는 곰팡이가 자란다. 이 곰팡이는 포도 껍질에 미세한 구멍을 내는데, 낮에 태양이 내리쪼이고 선선한 바람이 불면 구멍을 통해 수분이 증발해 당과 산 성분이 진하게 농축된다. 이 곰팡이 핀 포도로 와인을 만들면 매우 높은 당도를 갖는다. 곰팡이가 잘 번지려면 껍질이 얇고 포도송이가 가깝게 밀집되어야 유리한데, 그런 조건에 적합한 세미용Sémillon, 소비뇽 블랑 Sauvignon Blanc 같은 품종이 주로 이용된다.

앞서 얘기했듯 곰팡이가 잘 번식하려면 밤새 안개가 끼고 습도가 높아야 한다. 하지만 계속 습기만 차 있으면 포도가 썩기 때문에 낮에는 태양도 내리쬐고 바람도 불어 수분이 증발하고 곰팡이 성장도 적당하게 억제해줘야 한다. 이 얼마나 까다로운 조건인가? 그래서 귀부 와인 생산지로 적합한 곳은 드물다. 프랑스의 소테른 지역에서 귀부 와인이 생산되는 이유는 그 까다로운 조건을 만족시키기 때문이다.

당과 산 성분이 잘 농축된 와인을 만들기 위해서는 사람이 일일이 손으로 포도알을 선별해야 한다. 모든 포도알에 일괄적으로 곰팡이가 피는 것이 아니기 때문에 쭈글쭈글하게 잘 마른 포도알만 골라내는 작업은 여간 번거로운 것이 아니다. 그렇게 고르고 고른 포도알만 사용하니 단위 면적당 소출량도 적다. 까다로운 기후 조건에 품은 많이 드는 데다가 생산량까지 적으니 여타 와인에 비해 가격이 높을 수밖에 없다.

하지만 워낙 맛과 향이 인상적이라 이런저런 와인에 익숙한 사람도 상급의 귀부 와인을 처음 마시면 구강에서 벌어지는 다채로운 향연에 놀란다. 와인을 좋아한다면 꼭 체험해 보기를 권한다. 대신 한 번에 많이 마시지 말고 냉장고에 두고 며칠에 걸쳐 나눠 마시자.

샤토 리외섹의 시행착오를 경험하고 1년이 지난 2016년 11월 5일. 갓 결혼한 지인 부부가 우리 집을 방문하는 날이었다. 와인에 관심과 애정이 많은 손님이라 좀 특별한 것을 준비해야겠다는 생각에 돈나푸가타 벤 리에Donnafugata Ben Ryé 2014를 출격 대기시켰다. 이탈리아 시칠리아 지역의 스위트 와인인데 돈나푸가타Donnafugata는 제조사, 벤 리에Ben Ryé는 제품명이다. 시칠리아에서 재배하는 지비보Zibibbo라는 포도품종으로 만들었다. 곰팡이를 이용한 귀부 와인과는 달리 시칠리아의 햇빛과 바람을 이용해 포도를 건조시켜 당도를 높이는 파시토Passito 공법으로 만들었다. 375mL 용량의 작은 병이라 남기지 않고 한 번에 마시기에도 좋다.

준비한 음식을 먹으며 두런두런 얘기를 나누다 디저트를 내오는 시점에 벤 리에를 꺼냈다. 375mL 용량이니 우리 부부, 손님 부부 이렇게 넷이 한 잔씩 하기에 딱 좋다. 샤토 리외섹과는 또 다른 느낌의 진득하고 고급진 단맛으로 그날의 모임을 기분 좋게 마무리했다. 야구 좋아하는 사람들은 알 것이다. 9회에 등장해 한 이닝을 책임지는 마무리 투수의 중요성을 말이다. 모든 일이 그렇듯 아무리 처음과 중간이 좋아도 마무리가 어긋나면 찜찜할 수밖에 없다. 하지만 적어도 음식에 있어서는 스위트 와인이라는 강력한 마무리 투수가 있어 얼마나 다행인가. 고민하지 않고 뒷문을 맡길 수 있으니. 그러고 보니 셀러에 스위트 와인이 없구나. 할인 장터 기간에 괜찮은 놈으로다가 한 병 마련해야겠다.

왜 재즈는
와인과 잘 어울릴까

조셉 펠프스 카베르네 소비뇽 2012

Joseph Phelps Cabernet Sauvignon 2012

집에서 아내와 와인을 마실 때면 습관처럼 음악을 틀어놓는다. 음악이라고 해도 종류가 다양할 터인데 일단 와인을 마시지 않는 시간, 그러니까 혈중알코올농도가 제로일 때 내가 즐기는 음악은 서양 고전음악과 애니메이션 음악이다(뭔가 극과 극 체험?). 간혹 페이스북에 내가 바흐의 평균율이나 이탈리아 협주곡, 베토벤 피아노 소나타 등을 연주하는 동영상을 공유하면, 산적이 피아노 치고 있다며 페이스북 친구들이 놀라더라. 그러게, 사람은 외모로 판단해서는 안 된다.

때때로 지인들이 내 통화연결음을 묻는다. 처음 듣는 노래인데 느낌이 좋아서 그런 것 같다. 2007년에 NHK에서 방영된 애니메이션 〈정령의 수호자 精霊の守り人〉의 엔딩 테마곡 '사랑하는 이에게 愛しい人へ'라고 대답하기가 참 거시기 하더라. 조만간 애니메이션 〈바케모노가타리 化物語〉의 엔딩 테마곡 '네가 모르는 이야기 君の知らない物語'로 바꿔볼까 싶기도 하다.

평소 취향이 이러함에도 유독 와인을 마실 때는 재즈, 그것도 분당 심장 박동수보다 반 정도 느린, 흐느적거리는 템포의 재즈를 틀어놓는다. 솔직히 평소에 재즈를 잘 듣지 않아서 무슨 곡이 있는지도 잘 모른다. 그저 스마트폰 유튜브 검색창에 'jazz live'로 검색해 Cafe Music BGM channel이 운영하는 'Relaxing Jazz Piano Radio – Slow Jazz Music'을 찾아 선택한다. 여기에서는 1년 내내 실시간 스트리밍으로 느린 재즈가 나오는데, 악기 편성은 피아노, 베이스, 드럼으로 구성된 전형적인 재즈 트리오다.

와인으로 가산을 탕진하느라 집에 그럴싸한 음향기기도 없다. 오래전 구매한 휴대용 JBL 블루투스 스피커를 스마트폰과 연결해 식탁 끄트머리에 놓는다. 여전히 소리는 잘 나온다. 간헐적으로 퉁겨지는 베이스 현의 여백미, 그 빈 공간을 적절한 타이밍으로 쪼개 들어가는 드럼의 타악기적 울림, 베이스와 드럼의 틈새에서 유유자적 노니는 피아노 건반의 음률. 이 모든 것이 마치 와인을 위해 탄생한 음악처럼 느껴진다.

왜 느린 재즈는 와인과 그렇게 잘 어울릴까. 정답이 존재하기 어려운 질문이니 누구나 나름의 분석으로 한마디씩 보탤 수 있겠다. 하지만 예술에 대한 논리적 분석만큼 허망하고 부질없는 게 또 있을까 싶기도 하다. 그도 그럴 것이 무엇을 좋아한다는 것은 이성과 논리의 영역이 아니기 때문이다. 우리가 와인의 맛과 향에 감탄하거나 그림, 혹은 음악에 매혹될 때, 주어진 감각 자극을 논리적으로 분석해서 좋아하는 게 아니다. 똥 냄새를 불쾌해하는 데에 그 무슨 합리적 추론이 필요한가. 특정 감각 자극에 대한 호불호는 인간이 주어진 환경에 적응하며 생존율을 높이는 과정에서 얻게 된 본능적 취향이다. 만약 유해 곰팡이나 똥의 맛과 향을 선호했다면 인류는 진작 멸종했을 것 아닌가. 수십억 년의 생명체 진화과정에서 켜켜이 쌓인 생존의 몸부림, 그것이 바로 취향이다.

그렇다고 해서 모든 게 인간의 진화과정 때문이라고만 해버리면 글 쓰는 사람으로서 무책임한 처사일 테다. 미지의 대상 및 현상과 맞닥뜨렸을 때 (사실에 부합하든 아니든) 그 대상 및 현상을 설명하는 그럴싸한 이야기가 필요한 게 인간의 본성 아닌가 싶다. 이해하지 못하면 불안하고 두려우니까. 그러니 세상은 언제나 설명충 투성이고 그 설명충들이 자가발전해 최종병기 격인 '신'까지 고안한 것일 테지.

여하튼 글 팔아 먹고사는 사람으로서 나름의 책임감을 가지고 이 주제와 잘 어울리는 와인 하나를 골라 그 이유를 설명하겠다(어차피 그럴싸한 헛소리이니 마음 편하게 들어주기 바란다). 바로 미국 캘리포니아 나파 밸리의 조셉 펠프스 카베르네 소비뇽 Joseph Phelps Cabernet Sauvignon 2012다. 나는 2016년 4월 17일에

이 와인을 처음 마신 후 나파 밸리 와인의 매력에
흠뻑 빠지게 되었다.

   잔에 담긴 진보랏빛 액체는 연주가 시작되기
전에 무대를 가리는 짙은 장막 같은 느낌을 준다.
저 장막을 열어젖히면 이내 후각과 미각의 향연
이 펼쳐진다.

   처음 만난 조셉 펠프스 카베르네 소비뇽의 향기는 부드러운
연유를 머금은 고급 커피를 연상시켰다. 공기의 흐름을 타고 스
멀스멀 향기가 피어올라 후각세포를 자극한다. 공기의 흐름이
변하면 향기의 방향이 바뀌듯이, 드럼의 리듬과 베이스의 코드
가 바뀌면 피아노 선율은 그에 어울리는 새로운 방향을 찾아 흘
러간다. 와인의 향기와 느린 재즈 특유의 도회적 고독감은 그렇
게 멋스러운 공감각을 형성한다.

   와인은 천천히 맛과 향의 변화를 음미하며 긴 시간 즐기는 술
이다. 경험상 조셉 펠프스 카베르네 소비뇽은 본연의 맛과 향기
를 끌어내려면 코르크를 열고 두 시간가량 브리딩이 필요하다.
게다가 마시는 과정에서도 카멜레온처럼 변하기 때문에, 그 매

력을 온전히 만끽하기 위해서는 시간 간격을 두고 천천히 마셔야 한다. 그렇게 혈중알코올농도가 상승하면 시공간 감각이 시나브로 무뎌지는데, 그게 재즈 트리오의 나른하고 모호한 엇박자 리듬과 절묘하게 어울린다.

선율과 리듬을 언급했으니 이제 화성 차례인데, 여러 음이 동시에 울려 조화를 이루는 현상을 화성Harmony이라고 부른다. 재즈 트리오에서 피아노, 베이스, 드럼은 마치 각자도생하듯 자유분방하게 움직이는 것 같지만 큰 틀에서 조화를 지향한다. 와인의 맛도 그러하다. 타닌이 주는 쌉쌀함, 싱그러운 포도 과실 향, 양조 과정에서 사용된 오크통의 풍미가 각자의 존재감을 유지하면서도 동시에 조화를 이루어야 한다. 타닌이 튀어 너무 떫다든가, 과실 향만 치고 올라와 단순하다든가, 오크 풍미가 과도해 마치 MSG를 친 것처럼 인위적 느낌만 강하다면 와인의 균형감과 구조감이 흐트러져 만족감이 떨어진다.

조셉 펠프스 카베르네 소비뇽은 각 요소의 존재감뿐만 아니라 조화 또한 훌륭하다. 쌉쌀하면서도 거칠지 않고 매끄러운 타닌, 캘리포니아의 강렬한 태양을 연상시키는 폭발적인 과실 향, 거기에 복합미와 풍부함을 더해주는 오크통의 풍미. 이 세 요소가 입체적으로 미각세포를 자극하니 훌륭한 맛의 하모니라 하지 않을 수 없다(그러고 보니 내가 글에 MSG를 많이 치고 있구나).

어느 날 아내와 집에서 와인을 마시며 여느 때처럼 스마트폰으로 느린 재즈를 검색해 틀었다. 그런데 아내가 이제 지겹다며 내 스마트폰을 빼앗아 튼 음악이 백예린의 'Square'였다. 21세기 도시 특유의 멜랑콜리와 회갈색 고독감을 잘 표현한 인상적인 노래다. 하지만 '와생와사' 애호가가 느끼기에는 그다지 와인과 어울리지 않았다. 비트감이 심장 박동보다 훨씬 빨라 느긋한 음주 리듬과 엇나갔으며, 메시지가 담긴 가사가 신경 쓰여 코와 혀에 집중하기 어려웠다. 역시 있는 듯 없는 듯 무심하게 고막을 울리는 느린 재즈가 더 낫다. 비싼 돈 주고 와인 샀는데 최대한 맛과 향에 집중해야 할 것 아닌가.

더 맛있게,
제대로 마시자

와인을 즐기는
사소하지만 유용한 팁

와인과 더불어 집안 말아먹는 취미로 유명한 것이 오디오다. 오디오에 빠지면 자가 주택에서 전세로, 전세에서 월세로 집을 옮기게 된다는 웃픈 얘기도 있다. 알다시피 오디오 기기는 크게 나눠 소스 기기, 앰프, 스피커로 구성된다. 소스 기기는 레코드판, CD, MP3 파일 같은 저장 매체에서 음악 정보를 읽어 전기신호로 바꾸는 역할을 한다. 앰프는 이 전기신호를 스피커를 구동할 수 있는 수준으로 증폭한다. 스피커는 전기신호를 소리의 진동으로 바꾼다. 소스 기기, 앰프, 스피커 셋 다 중요하겠으나 그중에서 투자 대비 소리 개선 효과가 가장 큰 기기는 스피커다. 온몸으로 떨어대며 공기의 파동을 직접 생성하기 때문이다. 그러니 여유자금이 생겨 오디오 성능을 개선하려면 스피커부터 고려하는 게 현명하다.

스피커를 바꾸면 오디오 음질이 확 달라지듯이, 와인에서도 '이것'만 개선하면 음주 시간이 한층 즐거워지는 그런 요소가 있다. 게다가 스피커 교체처럼 목돈이 들지도 않는다. 그저 와인 마시는 행동에 살짝 변화를 주는 정도다. 그런 정도로 무슨 큰 변화가 있냐 싶겠지만, 실제 그 효과는 싸구려 사은품 헤드폰을 독일제 젠하이저 헤드폰으로 바꾸는 것에 견줄만하다. 사소하지만 효과 만점인 와인 마시는 팁 세 가지를 공개한다.

와인 잔은 원심분리기라고 생각해라

한때 팟캐스트 〈정영진 최욱의 매불쇼〉에서 고정 게스트로 '임승수의 깡와인 시사 안주' 생방송을 했다. 와인을 마시며 시사 문제를 걸쭉하게 논하는 코미디 방송이다. 미리 반병쯤 마시고 생방송에 들어가야 분위기가 살기 때문에 스튜디오에 일찍 도착해 앞 코너 진행을 보며 와인을 마시곤 했다. 그 사전 음주 모습을 영상으로 본 한 청취자가 내가 와인 잔을 원심분리기처럼 빙빙 돌린다며 신기해하는 댓글을 남긴 기억이 난다.

맞다. 스월링Swirling 얘기다. 와인을 잔에 따랐으면 돌려라. 허리케인을 일으키듯 빙빙 돌려라. 그러면 와인이 산소와 활발하게 접촉해 향기를 한껏 뿜어내고 맛도 부드러워지기 때문이다. 아내는 스월링을 잘 하지 않는 편이다. 반면 나는 인간 원심분리기다. 손목 스냅으로 휙휙 돌리면 게임 〈디아블로2〉의 바바리안이 휠윈드를 하는 손맛이 느껴진다. 그렇게 아내와 내 와인을 비교하면 확실히 다르다. 아내의 와인은 여전히 맛과 향이 닫혀 있는데, 내 와인은 벌써 마시기 좋게 활짝 열려 있다. 과도한 스월링은 와인의 산화를 촉진해 풍미가 급격하게 꺾일 수 있다는 의견도 있는데, 나는 여태껏 그렇게 돌려댔는데도 풍미가 급격하게 꺾인 기억이 없다. 그러니 웬만하면 그냥 돌려라. 솔직히 그동안 거의 안 돌리지 않았는가.

사회적 지위와 체면이 있는데, 효과가 좋다고 해서 경망스럽게 돌려대기엔 눈치가 보인다고? 이 사안의 본질은 무엇인가? 와인의 맛과 향을 즐기기 위해 마시는 것이다. 격식을 차려야 하는 자리가 아니라면, 좀 경망스러워도 괜찮다. 맛있으면 그만이지. 이제부터 내 손이 원심분리기라고 생각하고 돌리자. 돌지 않는 원심분리기는 죄악이다.

와인은 마시는 향수라고 되뇌어라

나는 자주 와인 잔 깊숙이 코를 들이민다. 향기가 너무나 좋기 때문이다. 코끝에 와인이 묻은 적도 있을 정도다. 와인은 마시는 향수다. 향수의 존재 의미는 무엇인가? 후각세포로 미세한 분자들을 대량으로 흘려보내어 뇌 속에 기분 좋다는 이미지를 떠올리게 해야 자기 몫을 수행하는 것이다. 와인은 술 중에서도 매혹적인 향기로 독보적이다. 담배, 가죽, 제비꽃, 삼나무, 흙, 바닐라, 토스트, 낙엽, 흑연 등 고급 와인일수록 다채롭고 풍성한 향기가 난다. 전문가들은 와인의 향기를 객관적으로 표현하기 위해 엄청난 분량의 어휘를 외우고 향기를 맡으며 반복 학습할 정도이니, 와인은 가히 향수라 하지 않을 수 없다.

과학적으로 규명되어 있다시피 우리가 맛이라고 느끼는 것의 대부분은 후각에서 기인한다. 혀로 느낄 수 있는 맛은 단맛, 짠맛, 신맛, 쓴맛, 감칠맛 정도이며 그 외에 느끼는 다채로운 풍미는 10만여 종의 냄새를 구분할 수 있다는 후각 덕분이다. 사실이 이러한데도 와인을 마시면서 향기를 맡는 데에 시간과 정성을 들이지 않는다면, 이 얼마나 안타까운 일인가. 입으로 부어넣기 전에 심하다 싶을 정도로 향기를 탐닉해보자. 그게 와인(사실상 향수)을 대하는 바람직한 자세다.

맥주와 소주에 익숙한 우리나라 사람에게는 잔 속에 코를 디밀어 폐부 깊숙이 향기를 맡는 와인 음용법은 어색할 수 있다. 하지만 와인을 마시며 향기를 충분히 만끽하지 않는 것은 코를 막고 조 말론 향수를 뿌리는 것과 진배없다. 싼 술도 아닌데 그렇게 마시면 너무 아깝지 않나. 간혹 코에서는 기똥찬데 입에서는 다소 아쉬운 와인도 있다. 나는 그런 와인일수록 본전 생각에 더욱 기를 쓰고 향기를 맡는다. 입에서 아쉬우면 코에서라도 뽕을 뽑아야 하니까.

와인을 급하게 삼키지 말자

원샷! 부어라! 마셔라! 마시고 죽자! 한국인이라면 친숙한 문화다. 이런 분위기에서는 술을 입안에 털어 넣자마자 삼키기 급급하다. 그저 혈중알코올농도를 높이기 위해 마시는 술은 입안에 오래 머물러 봐야 부담스럽기도 하고. 〈정영진 최욱의 매불쇼〉에 고정 출연하던 시절 한 청취자가 내 팬이라며 스튜디오로 알코올 도수 96%에 달하는 폴란드 술 '스피리터스Spirytus'를 보냈다. 생방송 중에 마셔달라는 요청이었다(과연 팬이 맞는가?). 어쨌든 청취자의 기대를 저버릴 수 없으니 생방송 중에 스트레이트로 여러 잔 마셨다. 엄청난 도수 때문인지 입술에 닿자마자 술이 증발하는 그 기묘한 느낌은 잊을 수 없을 정도로 쇼킹했다. 워낙 부담스러운 술이라 입안에 털어 넣고 바로 삼켰는데 내장 타는 듯한 작열감이 가슴 부분에서 끊기더라. 보통 알코올 도수 40도 내외의 독주는 식도에서 위장까지 쭈욱 작열감이 나기 마련인데 스피리터스는 다 내려가기도 전에 흡수 및 증발하는 괴랄한 느낌이었다.

  물론 훅 털어 넣는 술만의 매력이 있다. 하지만 와인은 그렇게 마시면 곤란하다. 앞서 언급했듯이 와인의 장점은 다채로운 향이며 그것은 맛에도 큰 영향을 끼친다. 와인을 입안에 머금고 몇 초가량 입천장까지 구석구석 코팅한다는 느낌으로 굴려보기를 권한다. 의외로 미각을 느끼는 세포는 혀뿐만 아니라 구강

내부에 광범위하게 퍼져 있으며 구강과 비강은 연결되어 있다. 어떤 전문가들은 와인을 입에 머금은 상태에서 공기를 빨아들이며 마치 가글하듯 입안을 헹군다. 공기를 흡입하면 맛과 향이 한층 풍부해지기 때문이란다. 우리가 그렇게까지 마실 필요는 없겠지만, 적어도 그들이 왜 호로록호로록 소리를 내며 요상하게 마시는지 이유 정도는 알면 좋지 않을까. 아무튼 와인을 바로 삼키지 말고 몇 초 머금으며 풍미를 충분히 느껴보자는 얘기만은 꼭 기억하자.

지금까지 설명한 세 방법을 숙지한다면 추가 지출 없이도 와인의 맛과 향을 훨씬 깊고 풍부하게 느낄 수 있다. 다만 아이가 있는 집에서는 다음과 같은 부작용이 있을 수 있으니 염두에 두기 바란다.

2020년 3월 8일 강화도 음식점에서의 일이다. 식당에서 당시 여덟 살 둘째가 물 잔을 한참 스월링하더니 이내 마신다.

"음~ 열렸네."

열한 살 첫째는 한술 더 뜬다.

"난 아직 안 열렸는데도 맛과 향이 좋아."

아이들은 어른의 거울이라더니, 이 무슨 날벼락이냐.

한식에도
어울리는 와인이 있다

슐로스 폴라즈 리슬링 에디션 2018

Schloss Vollrads Riesling Edition 2018

나는 한국 사람이다. 일부러 시간을 내 와인을 마실 때는 그 와인의 성격에 맞춰 안주를 따로 준비하지만, 일상에서는 밥, 국, 쌈, 고추장, 마늘, 콩나물, 도라지, 젓갈 등을 즐겨 섭취한다. 갓 지어 온기를 품은 고슬고슬한 쌀밥을 즐기며, 고추를 거리낌 없이 고추장에 찍어서 먹는다. 간이 적당히 스민 돼지 불고기, 시고 얼큰한 김치찌개, 담백하고 쫄깃한 떡국을 떠올리면 입에 침이 고인다. 안타깝게도 이런 한국 음식에 두루두루 잘 맞는 와인이 떠오르지 않아 불행인지 다행인지 평소 식사 때에는 와인을 곁들이지 않았다. 반주로 막걸리나 소주를 추천할 사람도 있겠지만, 나는 원래 술을 즐기지 않는 편이다. 그러면 도대체 와인은 왜 마시냐고? 와인은 나에게 오로지 음식이다.

독일의 대표적 화이트 와인 리슬링이 한식과 꽤 잘 어울린다는 얘기를 종종 들었다. 심지어 국물 있는 떡국과의 궁합도 괜찮다는데, 와인 애호가로서 호기심이 발동하지 않을 수 없었다. 전 세계 리슬링의 60% 이상이 독일에서 재배될 정도로, 독일은 리슬링의 나라다. 사실 예전(2018년 6월)에 리슬링을 마셔봤다. 그때는 화이트 와인에 해산물이라는 공식에 얽매여 별다른 고민 없이 생선구이와 곁들였는데, 그다지 인상적이지 않아 한동안 잊고 지냈다. 그런데 의외로 한식과 잘 어울린다니, 바로 검

중에 들어갔다.

　마침 이마트 영등포점 와인 장터에서 3만 5,000원에 슐로스 폴라즈 리슬링 에디션Schloss Vollrads Riesling Edition 2018을 판매하길래 한식과 곁들여 마실 목적으로 구매했다. 슐로스 폴라즈Schloss Vollrads 는 제조사, 리슬링Riesling은 포도품종, 에디션Edition 은 제품명이다.

　적당한 시기를 살피다가 마침 아침에 먹다 남은 떡국도 있고 해서, 2020년 6월 1일 월요일 저녁에 리슬링의 스크루캡을 열었다. 한식과의 궁합을 다양하게 실험하기 위해 숯불 돼지 불고기에 상추쌈도 배달 음식으로 주문했다. 역시 한국인이라면 불고기에 쌈 아니겠나. 떡국, 쌀밥, 상추쌈, 돼지 불고기, 마늘, 쌈장이라는 터프한 환경에서 홀로 외로운 독일의 리슬링이 어떤 퍼포먼스를 보여줄 수 있을지 기대 반 우려 반의 심정이었다.

　떡국을 한 숟갈 떠서 삼켰는데 아침에 먹다 남은 것이라 불어 터졌다. 한우를 우려낸 국물맛은 여전히 수긍할 수 있었으나 가래떡 특유의 쫄깃함이 상실되었다. 이 아쉬움을 리슬링이 달래

쥐야 할 텐데. 속는 셈 치고 시원하게 칠링한 리슬링의 향기를 맡다가 한 모금 삼켰다. 오호! 의외로 괜찮은데? 리슬링의 과하지 않은 산미, 여운 있는 단맛이 균형을 이뤄 넉살 좋은 영업사원처럼 떡국의 담백한 풍미에 스며드는 것 아닌가. 1차 실험 통과다.

떡국은 그렇다 치고, 양념 돼지 불고기를 품은 상추쌈과는 어떠할지 궁금하구나. 2차 실험에 들어갔다. 상추에 쌀밥을 한 숟갈 얹고 그 위에 돼지 불고기를 한 점 올린 후 쌈장을 발라 한국 음식의 우수함을 전하려는 외국인 유튜버처럼 우걱우걱 씹어댔다. 으깨어져 찐득해진 밥알들, 그 안에서 동물성 단백질의 위력을 과시하는 양념 발린 돼지 불고기, 그 둘 사이의 간극을 적절히 메우는 쌈장의 절묘한 간, 식물성 섬유질로 이들 모두를 감싸주는 상추. 그 자체로 빈틈없는 맛의 완전체인 상추쌈에 과연 리슬링이 낄 자리는 있을 것인가?

쌈을 삼킨 후 여운이 가시기 전에 리슬링을 한 모금 들이켰다. 어라! 이놈 보소? 참으로 유들유들하구먼. 은은한 풍미의 화이트 와인인 주제에 그 빽빽하고 촘촘한 상추쌈의 풍미에서도 나름 기죽지 않고 자연스럽게 존재감을 드러낸다. 한식은 향신료를 많이 사용하고 자극적인 간이 많은데, 이렇게 은은한 놈이 한식의 강렬한 풍미와 조화를 이루는 동시에 자존감도 잃지 않으니 기특하기도 하고 신기하기도 했다. 2차 실험 통과!

기왕 이렇게 된 것 극한체험이다. 바로 눈앞에 고추 장아찌가 보인다. 그놈을 한 입 베어 와작와작 씹어 넘긴 후 리슬링을 입안에 주입했다(미안하다 리슬링아!). 그런데 이토록 짜고 맵고 신 고추 장아찌와도 궁합이 나쁘지 않네? 평소에 배구 경기를 즐겨 보는 것도 아닌데, 이 순간 토스를 올려주는 세터가 떠올랐다. 아무리 불안정한 리시브더라도 씩 웃으며 편안하게 토스를 올려 손쉽게 스파이크를 때릴 수 있도록 해주는 세터가 있다면 바로 리슬링이 아닐까 싶었다. 리슬링이 여러 음식과 두루두루 어울리는 이유는, 은은하고 싱그러운 과실 향에 신맛과 단맛이 모나지 않게 조화를 이루고 있기 때문이다. 만약 풍미가 신맛이나 단맛 한쪽으로 쏠렸다면 간이 강한 한식과 조화를 이루기 어려웠을 것이다.

물론 리슬링이라고 해서 다 비슷한 맛은 아니다. 제조 방법에 따라 달지 않은 드라이 와인부터 꿀처럼 단 스위트 와인까지 스타일이 다양하다. 내가 마신 와인은 드라이한 편이어서 마지막

에 살짝 기분 좋은 잔당감이 있는 정도였다. 아무래도 적당히 드라이한 쪽이 여러 음식과 두루두루 잘 어울릴 가능성이 높다.

가족끼리 한참 즐겁게 먹고 마시다가 뭔가 허전하다는 생각이 들었다. 그렇구나! 풍악을 울리지 않았다. 기왕 한식과 합을 맞추고 있으니 유튜브에서 가야금 산조를 찾아 틀었다. 페이스북 친구가 와인과 가야금 산조의 조합을 추천했던 기억이 떠올라서. 국립국악원 채널의 영상인데 담백하고 구성진 가야금 가락이 와인과 너무나 잘 어울리는 것 아닌가. 와인 마실 때 주로 느린 재즈만 듣던 나에게는 신선한 자극이었다.

원래는 막걸리가 있어야 할 자리인데 독일에서 물 건너온 놈이 또 다른 풍미로 훌륭하게 자기 몫을 한다. 혈혈단신 한국으로 건너와 생소한 가야금 산조를 배경음악으로 떡국에 상추쌈, 심지어 고추 장아찌와 뒹굴며 한국인의 구강으로 들어가려니 얼마나 무서웠을까. 그런데도 이렇게 잘 어울리니 그 적응력이 참으로 신통하구나.

앞으로 리슬링을 셀러에 쟁여두고 간간이 식사에 곁들일 것 같은 불길한(행복한) 예감이 든다.

내가 만약 외로울 때면
누가 위로해주지

심리상담사 같은 와인3

현대인의 질병이라는 우울증. 우리는 우울감이 보편화된 시대에 산다. 어느 시대든 인간이 우울하지 않았겠느냐만, 누구나 자기 발톱에 박힌 가시가 제일 아프기 마련이다. 우울증이 현대인의 전유물이라는 얘기는 그런 맥락에서 어쩌면 착시현상일지도 모른다. 설사 그렇더라도 어쩌겠는가. 지금 이 순간 내가 제일 우울한 것을.

"네가 만약… 괴…로울 때면… 내가… 위로해… 줄게….”

2011년 MBC 〈나는 가수다〉에서 임재범은 이 노래로 전 국민의 마음을 적셔주었다. 외부로부터 전해오는 감각 자극이 크나큰 위로가 될 수 있음을 여실히 보여준 사례라 하겠다. 임재범의 노래가 청각을 통해 우리의 마음을 보듬어줬다면, 술은 후각과 미각으로 우리를 달랜다. 이래저래 괴로운 날. 포장마차에서 닭똥집 한 접시 시켜놓고 빈속에 들이켜는 쓰디쓴 소주 한잔은 퇴근길 직장인에게 큰 위로이자 안식이다.

반면 와인의 이미지는 그동안 사뭇 달랐다. 그윽한 조명의 고급 레스토랑에서 잘 차려입은 전문직 종사자가 테이블에 앉아 있다. 곧 도착할 지인, 그리고 서빙될 코스 요리에 대한 기대감에 젖어 잔에 담긴 와인의 향을 천천히 음미한다. 뭐 대충 이런 이미지? 사회 구성원 다수에게는 이래저래 낯설고 거리감을 느끼게 되는 장면인데, 거기서 '위로'라는 보편적이고 통속적인 키워드를 발견하기는 어려웠을 테다.

하지만 2019년에 이마트 주류 매출에서 와인이 국산 맥주, 수입 맥주, 소주를 누르고 1위를 차지할 정도로 사회 분위기가 바뀌었다. 와인은 더 이상 경제적으로 문화적으로 상류층의 전유물이 아니다. 바에서 혹은 집에서 '혼와인'을 즐기는 인구도 기하급수적으로 늘었다. 술을 통한 위로가 꼭 포장마차에 소주라는 전형적인 형식을 띨 필연성은 없어졌다. 내장기관을 훑어내리는 쓰디쓴 소주가 친한 벗의 격려성 등짝 스매싱 같은 것이라면, 와인은 잠자코 내 하소연을 들어주는 전문 심리상담사의 사려 깊은 침묵과도 같다.

사설이 좀 길었나? 결국 와인 추천 얘기다. 말 잘 들어주고 가성비까지 좋은 심리상담사 셋을 소개한다. 선정 기준은 오롯이 내 후각과 미각이다. 언제나처럼 직접 구입해서 마셨다. 가장 주관적인 것이 가장 객관적일 수 있음을 굳게 믿으며 주저함 없이 추천한다.

카스텔포르테 발폴리첼라 리파소
Castelforte Valpolicella Ripasso

우울할 땐 칩거하게 된다. 그러다 보면 어느새 냉동실에 꽝꽝 얼어있는 만두를 꺼내 끼니를 때우기 마련이다. 그때 필요한 와인이 카스텔포르테 발폴리첼라 리파소다. 냉동 만두와의 궁합이 기가 막히기 때문이다.

카스텔포르테Castelforte는 와인 제조사, 발폴리첼라Valpolicella는 이탈리아의 와인 생산지, 리파소Ripasso는 고급 와인인 아마로네Amarone를 만들고 남은 찌꺼기를 재탕해 만든 와인이다. 그래서 빈자의 아마로네라고 불리기도 한다. 세상 우울한 찌꺼기인 우리에게 딱 맞지 아니한가. 마트에서 할인가 2만 원 내외로 구입 가능하다.

적당히 달궈진 프라이팬에 샛노란 아보카도 오일을 두른다. 얇게 도포된 진득한 기름 위에 (개인적으로 최고의 냉동 만두라 생각하는) 풀무원 납작지짐만두를 올려놓는다. 이쪽저쪽 뒤집으며 적당히 그을려지면 만두피가 찢어지지 않도록 접시 위로 살포시 옮긴다.

김이 모락모락 올라오는 만두를 베어 문 후 리파소를 한 모금 들이켜자. 기름진 만두와 적당하게 신맛 나는 와인의 어우러짐에 긴급동의하지 않을 수 없다. 행색은 초라하나 뛰어난 연주를 들려주는 버스킹이 이런 느낌일까. 맛의 이중주를 음미하다 보면, 우울한 냉동만두도 특정 와인과 만나 나에게 큰 위로가 될 수 있음을 깨닫는다. 영화 〈올드보이〉에서 유지태가 최민식에게 군만두뿐만 아니라 리파소까지 넣어줬다면 영화는 희극으로 끝났으리라.

포제리노 키안티 클라시코 Poggerino Chianti Classico

우울한 음식이라면 배달 피자를 빼놓을 수 없다. 무력감에 꼼짝도 하기 싫은 날. 어김없이 배달 피자를 주문하는 자신의 모습이 얼마나 처량한가. 여느 때처럼 피자만 우걱우걱 씹어대면 우울감은 더욱 깊어질 뿐이다. 이때 거짓말처럼 분위기를 바꿀 수 있는 와인이 포제리노 키안티 클라시코다.

포제리노Poggerino는 와인 제조사, 키안티 클라시코Chianti Classico는 이탈리아 키안티 지역의 산지오베제 품종으로 만든 괜찮은 품질의 와인을 일컫는다. 마트에서 2만 원대의 가격으로 구매할 수 있다. 이 와인은 〈와인 스펙테이터〉가 선정한

2013년 가성비 와인 TOP100 중 당당히 18위를 차지했다.

이마트 영등포점 매장 직원의 추천으로 구매했지만, 처음에는 별로 기대하지 않았다. 산지오베제 품종 와인은 대개 신맛이 튀어 내 취향에 맞지 않기 때문이다. 나는 키안티 특유의 그 신맛을 '앙상한 신맛'이라고 부른다. 맛과 향에서 풍부함이 부족하다고 느끼기 때문이다(아내는 나와 달리 키안티 와인의 신맛을 즐긴다).

그런데 포제리노 키안티 클라시코는 예상과 달리 꽤 살집이 있는 신맛을 보여주었다. 무엇보다도 피자와 너무 잘 어울리는 것 아닌가. 느끼한 치즈가 올라탄 텁텁한 피자 빵이 이 와인과 만나 들려주는 하모니는 놀라웠다. 간만에 대한민국에서 모국(이탈리아) 친구를 상봉하고 반가움에 못 이겨 함께 부르는 칸초네 이중창 같다면 호들갑이려나? 배달 피자의 격을 이렇게나 끌어올리는 와인의 힘이 새삼 놀랍다. 구강 속에서 흘러나오는 유쾌한 칸초네 덕에 우울감은 급속히 소멸한다.

도멘 생 미셸 브뤼 Domaine Ste. Michelle Brut
극도로 우울할 때는 먹는 것도 귀찮아진다. 그저 손에 잡히는 대로 팝콘이나 감자칩, 크래커 등을 우적우적 씹으며 멍한 얼굴로 하루를 보내게 된다. 이 지경으로 입맛이 떨어졌다면 미국산 스파클링 와인인 도멘 생 미셸 브뤼를 추천한다. 도멘 생 미셸 Domaine Ste. Michelle은 와인 제조사, 브뤼는 달지 않은 스파클링 와인이라는 의미다. 마트에서 할인가 2만 원 정도의 가격으로 구매 가능하다.

이 와인을 인터넷에 검색하면 가성비 깡패라는 평가를 쉽게 발견할 수 있다. 마셔본 나 역시 그러한 평가에 완벽하게 동의한다. 제조사 홈페이지에는 팝콘, 크래커, 감자칩 등과도 잘 어울리며 스시롤이나 생선회와도 궁합이 좋다고 나온다. 팝콘과 곁들여도 맛있고, 생선회와 곁들여도 좋다니! 한마디로 아무거나 잘 어울린다는 얘기 아니겠는가.

기다란 샴페인 전용 플루트 잔에 따라서 뽀글뽀글 올라오는 기포를 감상하며 주전부리를 씹다가 뭔가 허전해질 즈음 와인 한 모금을 털어 넣는다. 여전히 잔 속에서 올라오는 기포를 지긋이 바라보다가 아이폰의 음성 메모 앱을 열고 드라마 〈트윈 픽스〉의 데일 쿠퍼 수사관처럼 우울한 넋두리를 가감 없이 녹음한다. 녹음을 마치고 주위에 아무도 없는 것을 확인한 후 다음과 같이 읊조린다.

"내가 만약 외로울 때면 누가 나를 위로해주지? 바로 도멘 생
미셸 브뤼."

나는 그런 삶을
살아오지 않았습니다!

마리에타 아르메 카베르네 소비뇽 2016

Marietta Armé Cabernet Sauvignon 2016

2020년 6월 22일 오마이뉴스 계정 쪽지함에서 새 쪽지를 발견했다. 발신자는 미국 캘리포니아 와인을 수입하는 회사의 마케팅 담당자였다. 오마이뉴스에 연재 중인 와인 글을 재미있게 보고 있으며 회사에서 수입하는 와인을 소개하고 싶어 용기를 내 쪽지를 보낸다는 내용이었다. 마지막 부분에 "제 메일로 와인 받으실 주소 남겨주시면 저희 와인 브로슈어와 함께 제품 보내드리도록 하겠습니다"라는 부분이 눈에 확 들어왔다. 특히 이 부분은 메아리가 되어 머릿속에서 울렸다.

"제품 보내드리도록 하겠습니다."
"제품 보내드리도록 하겠습니다."
"제품 보내드리도록 하겠습니다."
"제품 보내드리도록 하겠습니다."

너무 반갑고 고마웠다. 수입사에서 이런 연락을 받은 것은 처음이었기 때문이다. 와인 지식도 일천하고 경험치도 적은 데다가 좌충우돌 우왕좌왕 음주 생활을 날것 그대로 글에 담았으니, 업계 관계자나 전문가 눈에는 얼마나 철딱서니 없어 보였겠나. 수입업체 입장에서는 와인 유튜버, 전문 기자, 소믈리에, 레스토랑 관계자 등 신경 쓸 사람이 얼마나 많은가. 일주일에 한두 번 집에서 아내와 마시는 애호가 수준의 나에게는 연락 없는 게 지극히 정상이다.

그런데 내 글을 유심히 챙겨 봐주고 수입하는 와인도 보내주겠다니 얼마나 감사한 일인가. 게다가 딱히 조건을 단 것도 아니고 단순 홍보 및 판촉용 와인이니, 막말로 받아도 켕길 것 없고 말이다. 하지만 나는 이내 그 호의를 사양하는 메일을 썼다.

○○○ 과장님, 안녕하세요. 페이스북 친구 신청하신 것도 반갑고 감사한 마음입니다. 부족한 구석이 많은 연재 글인데 즐겁게 보신다니 그저 민망한 마음입니다. 와인에 대한 경험과 지식이 일천한데, 진정 좋아하는 마음 하나로 어떻게든 쓰고 있습니다. 변변치 않은 글이지만 그래도 나름 고심하며 쓰는 과정에서 와인을 마셨던 경험을 되짚어 보게 됩니다. 그때마다 특히 '가성비'가, 제가 와인을 평가하는 중요한 요소로 작용하더군요.

그런데 직접 비용을 치르지 않는 경우, '가성비'를 평가하는 것이 애매하고 어렵더군요. 물론 해당 와인의 가격을 염두에 두고 판단할 수도 있겠으나, 그렇게 어림짐작하는 것과 직접 돈을 지불하는 것은 확실히 큰 차이가 있습니다. 너무 감사한 제안을 주셨는데, 그러한

저의 작은 기준 때문에 양해를 구할 수밖에 없음을 이해 부탁드립니다. 대신 수입하시는 와인을 합리적인 가격에 구매할 수 있는 매장을 알려주시면 여건이 될 때 제가 직접 구입해서 마시겠습니다. 수입하시는 와인 중에 특히 재구매율과 평가가 좋은 와인의 소개를 부탁드려도 될까요.

뒷광고도 아니고, 왜 먼저 보내주겠다는 홍보용 와인마저 거절하는지 의아해하는 시선이 느껴진다. 예컨대 홍보용으로 받아서 마신 와인의 맛과 향이 너무 인상적이어서 연재 글에서 다루고 싶다 치자. 그런데 돈 들이지 않고 마셨으니 '가성비'를 제대로 평가하기 어렵다. 같은 풍미더라도 해당 와인이 2만 원대냐 10만 원대냐에 따라 가성비는 확확 달라지지 않는가. 게다가 아무리 판촉용으로 받은 와인이라 하더라도 공짜로 마신 건 사실이니, '내돈내산'을 표방한 입장에서는 양심에 걸려 소개하기 껄끄럽다. 감사해 마지않을 호의가 본의 아니게 족쇄가 되는 셈이다. 이런 고민을 하는 내가 너무 까탈스러운가 싶은 생각도 들었지만, 둑이 무너질 때도 언제나 작은 균열에서부터 시작한다. 정중히 고사하는 메일을 보내고 나니 그렇게 마음이 편할 수가 없었다.

다음 날 답장이 왔는데, 수입하는 와인 중 세 가지를 추천하며 모두 이마트 트레이더스에 살 수 있다는 거였다. 홍보용 와인을 고사하긴 했으나, 연재 글에 보여준 호의에 보답하고 싶은 마음에 인근 이마트 트레이더스에서 이 와인을 2만 4,980원에 구입했다.

마리에타 아르메 카베르네 소비뇽 2016
Marietta Armé Cabernet Sauvignon 2016

미국 캘리포니아 소노마 카운티 지역 와인인데, 마리에타Marietta는 와인 제조사, 아르메Armé는 제품명, 카베르네 소비뇽은 포도품종이다. 와인서쳐로 해외 거래가를 확인하니 이마트 트레이더스 구입가와 큰 차이가 없는 것 아닌가. 해외 거래가 대비 두 배 이상 뻥 튀겨 파는 경우도 적지 않은데, 참으로 은혜로운 가격이다.

미국 캘리포니아 와인은 다소 과한 과실 및 오크 풍미로 찐득하게 들이대는 스타일이 흔한데, 이 녀석은 풍미에서 모난 데 없는 균형감이 인상적이다. 사람마다 취향이 다르겠지만, 밸런스 좋은 와인을 선호하는 나에겐 상당히 만족스러웠다. 게다가 열어서 바로 마셔도 마치 한 시간 이상 브리딩한 것처럼 부드럽고 매끈했다. 2만 원대에서는 가성비로 누구랑 견줘도 뒤지지 않겠다 싶을 정도로 괜찮았다. 다음에 이마트 트레이더스를 방문하면 한 병 추가로 구입해야지.

그나저나 유튜버들의 '뒷광고'가 이슈이다 보니, 내 오마이뉴스 와인 연재 글에도 광고 아니냐는 댓글이 종종 달린다. 한 포털 사이트 댓글에는 내가 특정 글에서 소개한 와인 세 개가 모두 동일한 수입사 것 아니냐며 나름 근거까지 들이밀더라. 전직 대통령의 발언을 빌려 이렇게 답을 해주고 싶다.

"나는 그런 삶을 살아오지 않았습니다!"

우선 사실관계가 틀렸다. 세 개 중 둘은 금양에서 수입했고 나머지 하나는 다른 수입사다. 그리고 내가 글에서 소개하는 와인 중 금양에서 수입하는 와인의 비중이 다소 높은 것은 우연이 아니라 필연이다. 나는 2015년에 와인의 매력에 빠진 후 집에서 상대적으로 가까운 이마트 영등포점을 주로 이용한다. 한마디로 단골이다. 거기서 줄곧 나에게 와인을 소개해주는 분이 '하필이면' 금양 직원이다. 그런 탓에 다른 수입사 와인에 비해 금양 와인을 좀 더 구입하는 편이다. 정 못 믿겠으면 이마트 영등 포점 지하 2층 와인 매장에서 금양 직원을 찾아 와인 글 연재한 임승수 아냐고 물어봐라. 2015년부터 지금까지 매번 가족 동반 으로 장 보러 와서 와인 산다고 할 거다. 그 직원분이 우리 애들 의 성장 모습도 기억할 정도다.

잘 키운 단골 하나, 열 소비자 안 부럽다. 와인 글 연재하고 이 렇게 책까지 출간한 내가 증명하고 있지 않은가. 뭔가 궁금한 것도 많고, 구입할 때 갈등하고 고뇌하는 사람일수록 와인에 진 지한 사람이다. 그런 사람에게 친절을 베풀면, 무럭무럭 자라나 '와인교' 전도사로 성장한다(바로 나다). 언제나 그렇듯 당장 와 인 한두 병 더 파는 것보다 고객과 신뢰 관계를 맺는 것이 훨씬 남는 장사다. 나 또한 그동안 독자와 쌓은 신뢰를 잃지 않기 위 해 단순 판촉용 와인까지 거절하고 있지 않은가.

무더운 한여름을 위해,
보이면 그냥 산다

3만 원대 가성비 와인5

한창 더운 여름날, 웃통 까고 엄청 찬물로 등목하면 첫 0.5초만 후회스럽고 그 뒤로는 그렇게 개운할 수 없다. 날씨가 더우면 혀도 덥다. 한번 당신의 혀에 의식을 집중해 보라. 뜨끈하지 않은가. 여름엔 동네 개들도 혀가 더운지 연신 내밀고 헥헥거린다. 이럴 땐 혀도 등목이 필요하다. 다만 피부조직과는 달리 혀는 맛을 느끼는 세포가 인도 뭄바이 인구밀도 수준으로 분포되어 있으니, 차가운 물만으로는 밋밋하다.

여름에 혓바닥 등목 용도로 가장 호사스러운 액체는 역시 시원하게 칠링한 화이트, 로제, 스파클링 와인이다. 한번 상상해 보라. 내 혀가 섭씨 10도 내외의 시원한 와인 바다에 몸을 담그고 피서를 즐기는 장면을. 생각만으로도 설온舌溫이 1도 하락한다. 코로나가 잡히기 전까지는 제대로 된 피서 여행도 글렀으니, 이럴 때 신체의 일부라도 근사하게 피서를 떠날 수 있다면 그나마 위로가 되지 않을까.

혓바닥 피서용으로 그만인 3만 원대 가성비 와인을 다섯 개 골라보았다. 모두 직접 내 혓바닥으로 등목을 실행한 후 장고 끝에 엄선한 액체들이다.

클라우디 베이 소비뇽 블랑
Cloudy Bay Sauvignon Blanc

와인 애호가에게 워낙 유명한 소비뇽 블랑 품종의 뉴질랜드 와인이다. 루이비통으로 유명한 LVMH 그룹이 파는 가장 싼 명품이 클라우디 베이라는 우스갯소리도 있던데, 와인 매장에서 할인가 3만 원대에 종종 목격되니 그렇게 불릴 만도 하다(LVMH 그룹은 2003년에 클라우디 베이를 인수했다). 이 와인의 풍미가 주는 이미지는 열대과일 특유의 새콤함에 이슬 맺힌 풀잎의 상큼한 초록빛이 어우러진 느낌이다. 굳이 한 단어로 표현하자면 '싱그럽다'가 적절하겠다. 지인과의 식사에서 처음 얻어먹었는데 느낌이 참 좋았다. 하지만 남이 사주는 술은 언제나 맛있는 법 아닌가. 속단할 수 없어 추후 내 돈 내고 구입해서 재차 검증했는데, 역시 명불허전의 기량을 보여주었다.

기본적으로 해산물과의 궁합이 훌륭하다. 특유의 싱그러움이 해산물의 비릿함을 말끔하게 씻어준다. 아삭한 샐러드, 향긋한 나물과도 잘 어울린다. 그 외에 여러 음식과 두루 어울리지만, 누가 한 병 주면서 지금 마시라고 권한다면 나는 생선회와 곁들이겠다. 뒷맛이 아주 살짝 단데, 그렇게 신경 쓰일 정도는 아니다.

무통 카데 아이스 로제 Mouton Cadet Ice Rosé

분홍빛 감도는 프랑스의 로제 와인이다. 단골 가게인 이마트 영등포점 와인 매장 직원에게 추천받아 3만 원 중반의 가격에 구입했다. 확실히 로제는 그 특유의 연분홍 빛깔처럼 어정쩡한 이미지가 있다. 화이트도 아니고 그렇다고 레드도 아닌 것이, 서양에서는 피크닉 와인으로 사랑받는다는데 한국의 피크닉에는 이미 소주나 맥주가 대세인지라 애매한 포지션이다. 어떻게 마셔야 본전을 뽑을까 고민하다 불현듯 파스타나 리소토 등과 잘 어울릴 것 같다는 생각이 스쳐 배달 음식으로 주문해 곁들여 마셨는데, 궁합이 예상을 뛰어넘는 초대박이었다.

와인 자체의 풍미는 모난 데 없이 둥글둥글하면서도 다소 심심한 듯했지만, 이게 파스타와 리소토를 만나니 마치 요철이 딱 들어맞는 직소 퍼즐처럼 완전체가 되었다. 당시 느꼈던 시너지 효과가 너무 인상적이라 나중에 다른 로제 와인을 구입해 똑같은 음식과 곁들여 봤다. 안타깝게도 무통 카데 아이스 로제와의 궁합에는 훨씬 못 미치더라. 사용한 포도품종, 그리고 제조 방식도 다르니 당연한 결과다. 만약 당신이 파스타나 리소토를 세상 맛있게 먹고 싶다면 빤한 콜라와 사이다는 잠시 잊고 이 로제 와인을 구해서 곁들이길 권한다. 흔해 빠진 음식과 어정쩡한 와인이 만들어내는 하모니에 감탄할 것이다.

도멘 슐룸베르거 게뷔르츠트라미너 그랑 크뤼 케슬러
Domaine Schlumberger Gewurztraminer Grand Cru Kessler

게뷔르츠트라미너Gewurztraminer, 포도품종이란다. 외우느라 사흘 걸렸다. 프랑스 알자스Alsace 지역 와인인데 좀 색다른 와인에 도전하고 싶어서 무턱대고 구입했다. 가격은 3만 원대 중반. 다소 단맛이 나는 와인이라 일부러 매콤한 국물의 샤부샤부와 매칭시켰다. 결론부터 얘기하자면 내 취향과는 안 맞았다. 그런데 왜 추천하느냐고? 다른 누군가의 취향을 제대로 저격할 와인이기 때문이다. 우선 향기가 상당히 독특했다. 가족이 돌아가면서 향기를 맡았는데, 나는 강렬한 배 향기를 느꼈고, 아내와 아이들은 그걸 젤리 과자 향기라고 표현하더라. 다른 와인에서 느껴보지 못한 독특한 향이었는데 꽤 인상에 남았다.

맛에 있어서는 나와 아내가 단맛을 선호하지 않아서 그렇지, 단맛 술을 선호하는 사람이라면 마시자마자 바로 재구매를 고려할 만큼 매력이 넘친다. 하루는 내가 페이스북에 이 와인을 소개하니 어떤 분이 "가격이 만만치 않지만 작가님을 믿고 한번 마셔보겠습니다"라고 댓글을 남겼다. 몇 시간이 지나 그분이 같은 게시물에 "좋네요. 아주 고급진 단맛이…"라고 추가로 댓글을 남기더라. 이렇게 향도 개성 있고 단맛도 도드라지는 와인은 곁들일 음식을 주의 깊게 선택할 필요가 있다. 와인 제조사 도멘 슐룸베르거 홈페이지를 보면 매운 소스의 아시아 음식과 잘 어울린다고 나온다. 그러니 간이 강한 중식, 베트남식, 한식 등과 곁들여도 좋을 듯싶다.

몬테스 알파 스페셜 퀴베 샤르도네
Montes Alpha Special Cuvée Chardonnay

국민 와인 몬테스 알파의 위 등급인 스페셜 퀴베 시리즈가 있는데 그중의 샤르도네다. 스페셜 퀴베 시리즈는 흰색 라벨인 몬테스 알파와 달리 검은색을 채용해 블랙 라벨이라 부르기도 한다. 우연한 기회에 큰 기대 없이 마셨다가 깜짝 놀랐다. 베스트셀러인 카베르네 소비뇽 못지않게, 아니 그 이상으로 인상적이었기 때문이다.

몬테스 알파 시리즈의 장점은 누구나 좋아할 만한 무난하고 둥글둥글한 풍미에 있다. 모임을 하다 보면 꼭 그런 사람 있지 않은가. 큰 존재감을 드러내지는 않으나 적당한 매력으로 유쾌하게 분위기를 이끌며 누구와도 잘 어울리는 사람 말이다. 샤르도네 품종에서도 그런 장점을 잘 구현했다. 몬테스가 와인 잘 만든다는 사실을 다시금 깨닫게 한 와인이다. 네이버의 한 와인 카페에 이 와인의 장터 할인가를 문의한 적이 있는데, 다음과 같은 댓글이 달렸다.

"싸게 사시면 3만 초반 평균 3.5 정도면 어렵지 않게 구하실 수 있어요. 몬테스 알파 별로 안 좋아하는데, 저도 저건 맛있게 몇 병 마셨습니다."

그러고 보니 마실 때 어떤 음식을 곁들였는지 기억이 잘 나지 않는다. 음식보다도 와인 자체가 인상적이었기 때문이다. 강렬하지는 않지만 은근히 매력 있는 그 풍미가 여전히 뇌리에 생생하다. 두루두루 좋아할 잘 만든 샤르도네.

뵈브 엘리자베스 브뤼 Veuve Elisabeth Brut

냉수 등목에 기포 마사지까지 동시에 경험할 수 있는 자쿠지가 바로 스파클링 와인이다. 그중에서도 프랑스 샹파뉴 지역의 스파클링 와인인 샴페인은 특히 고급 자쿠지라 하겠다. 다만 고급이다 보니 대체로 가격이 사악하다. 뵈브 엘리자베스 브뤼 같은 녀석만 빼고 말이다. 얼마 전 집에서 가까운 이마트 트레이더스에서 3만 원도 안 되는 가격표를 달고 떡하니 누워있더라.
샴페인이 3만 원 밑이라니! 그냥 그걸로 끝이다. 망설임 없이 집
어 들었다(지금도 이 가격에 팔려나?). 혹시나 노파심에 부연하자
면, 그 유명한 뵈브 클리코 Veuve Clicquot 샴페인과 헷갈리지 말기
바란다. 전혀 상관없는 와인이다. 그러면 맛도 상관없느냐고?
뵈브 클리코 보급형 샴페인의 절반도 안 되는 가격이지만, 맛은
대략 68.3%에 육박한다. 게다가 샴페인만큼 여러 음식과 두루
두루 어울리는 와인도 찾기 힘들다. 보이면 그냥 산다. 심지어
새우깡이랑 먹어도 맛있다.

이 한 병이
인생 스승이다

트라피체 이스카이 말벡-카베르네 프랑 2015

Trapiche Iscay Malbec-Cabernet Franc 2015

나는 사회과학(그것도 무려 마르크스주의) 분야, 아내는 미술 분야의 작가다 보니 여타 맞벌이 가족과 비교해 수입이 적은 편이다. 대략 외벌이 집과 맞벌이 집의 중간 어디쯤이 우리 집 수입이지 싶다. 언젠가 와인을 마시다 문득 마르코 복음서 12장 41~44절 내용이 떠올랐다.

예수님께서 헌금함 맞은쪽에 앉으시어, 사람들이 헌금함에 돈을 넣는 모습을 보고 계셨다. 많은 부자들이 큰돈을 넣었다. 그런데 가난한 과부 한 사람이 와서 렙톤 두 닢을 넣었다. 그것은 콰드란스 한 닢인 셈이다. 예수님께서 제자들을 가까이 불러 이르셨다. "내가 진실로 너희에게 말한다. 저 가난한 과부가 헌금함에 돈을 넣은 다른 모든 사람보다 더 많이 넣었다. 저들은 모두 풍족한 데에서 얼마씩 넣었지만, 저 과부는 궁핍한 가운데에서 가진 것을, 곧 생활비를 모두 다 넣었기 때문이다."

와인교에 경전이 있다면 나는 신심을 인정받아 복음서의 한 귀퉁이에 기록되지 않을까. 재벌 3세가 데일리 와인처럼 마시는 '고오급' 와인을 나는 일 년에 한두 번 만용에 가까운 용기를 내어 가까스로 마셔내니 말이다.

경제적으로 넉넉하지는 않지만, 작가로 사는 삶의 장점은 여타 직장인에 비해 흥미로운 경험을 많이 한다는 점이다. 글이나 책을 쓰면, 그것을 썼을 때만 경험할 수 있는 일들이 일어난다. 2020년 6월 20일도 그런 날이었다.

그날 낮 12시경, 우리 부부는 서울교대역 인근의 모 음식점에 도착했다. 전혀 안면이 없는 분이 페이스북 메시지로 와인 모임에 초청했기 때문이다. 내 와인 글을 재미있게 읽고 있으며, 무엇보다도 마르크스주의자가 와인 글을 연재한다는 게 무척 신기해 얘기를 나누고 싶어서 초청했단다.

참고로 나와 아내는 김영란법 대상이 아니다. 산해진미 주지육림 대접해봐야 아웃풋이 없다는 의미다. 그러니 우리 부부에게 호의를 베푸는 것은 진정한 의미의 '선의'다. 이 얼마나 감사하고 감사한 일인가. 그래도 빈손으로 가기는 민망해 집에 있는 내 책 몇 권을 들고 가서 모임 참석자에게 나눠드렸다. 글쟁이로서 최소한의 자존심이었던 것 같다.

첫 번째 샴페인 병이 비워질 때쯤 '오년지기'가 되고 두 번째 부르고뉴 피노 누아의 막잔이 돌 때쯤 십년지기가 되었다. 한껏 불콰해진 낯빛으로 세월아 네월아 이야기꽃을 피우는데, 세 번째 와인이 등판했다. 바로 이놈!

트라피체 이스카이 말벡-카베르네 프랑 2015
Trapiche Iscay Malbec-Cabernet Franc 2015

아르헨티나 와인 제조사 트라피체Trapiche에서 포도품종인 말벡Malbec과 카베르네 프랑을 각각 7:3의 비율로 섞어서 만든 와인이다. 이스카이Iscay는 제품명인데 잉카어로 '둘'을 의미한다니 아마도 두 품종을 섞어서 만든 것을 의미하겠지.

사실 이스카이가 등장했을 때 다소 당황했다. 이스카이는 와인 애호가에게 매우 인기가 많다. 와인 동호회 게시판에도 심심하다 싶으면 이스카이 맛있다는 후기가 보이고, 할인 판매 정보가 올라오면 매장이 어디냐고 묻는 댓글이 금세 달린다. 하지만 나는 그런 반응을 보면서도 이스카이에게 눈길도 주지 않았다. 말벡과 카베르네 프랑 때문이다.

우선 말벡부터 얘기하자면, 전에 말벡을 주품종으로 만든 와인 네 병을 마셨는데 모두 인상적이지 않았다. 좋다는 사람도 많은데, 한두 병도 아니고 네 병이나 그러니 말벡은 내 취향이 아니라고 판단할 수밖에. '호불호 갈린다더니 나랑은 안 맞는구나, 인연은 여기까지'라는 심정이랄까. 이제 말벡은 안 산다고 내심 맘먹고 있었다.

카베르네 프랑도 아픈 과거가 있다. 2019년 내 생일에 한껏 기대하며 마셨던 '고오급' 와인 샤토 슈발 블랑 2008 빈티지가 뼈아프게도 내 취향이 아니었기 때문이다. 이 와인의 카베르네 프랑 비율이 무려 45%였다. 2017년 12월에 마셨던 프랑스 루아르Loire 쉬농Chinon 지역의 와인은 무려 카베르네 프랑 100%였는데, 그것도 취향에 안 맞았다. 사정이 이러하니 카베르네 프랑 비율이 높은 와인은 경계심을 가질 수밖에.

그런데 트라피체 이스카이 말벡-카베르네 프랑은 마치 나를 조롱하듯 두 품종을 7:3 비율로 잔뜩 섞어놓은 것 아닌가. 참으로 당황스러운 와인이 아닐 수 없다. 그렇게 일부러 피하던 와인이 떡하니 등장했는데 그렇다고 거절할 수도 없고 해서, 알코올이나 보충한다는 생각으로 마음을 텅 비우고 한 모금 마셨다. 그런데.

'오잉?????'

너무 맛있는 것 아닌가! 불호 품종으로 여기던 말벡과 카베르네 프랑을 콕 집어 섞어놨는데 이렇게 맛있다니, 충격을 받았다. 혹여나 얻어먹어서 맛있는 건 아닐까 싶어, 내 돈 내고 마시고 있다고 최면을 걸며 마셨는데도 여전히 좋았다. 모임에 참석하지 않고 내내 집에서만 마셨다면 내 인생에서 이스카이를 접할 확률은 낮았을 것이다. 이후 같은 해 7월에 한 번 더 마셨는데 역시 좋았고, 지금 이 글을 쓰는 순간에도 거실 셀러에서 언제든지 등판이 가능하도록 한 병이 대기 중이다.

의외의 이스카이를 영접하며 몇 가지를 깨달았다. 첫째, 와인은 역시 비쌀수록 맛있다. 내 입맛에 안 맞는다고 홀대당한 말벡 네 병은 모두 이스카이보다 저렴하다. 이스카이는 할인 행사 때에도 5만 원 정도는 줘야 살 수 있는, 나름 가격대가 있는 놈이다. 사람 혓바닥 참 간사하구나. 비싼 놈이 입에 들어가니 좋다고 바로 춤을 추네. 그동안의 경험으로 보더라도 와인의 풍미와 가격 사이에는 매우 강한 상관관계가 존재한다. 이스카이를 통해 그 명백한 사실을 재확인했다.

둘째, 선입견은 언제든지 깨지기 마련이다. 말벡과 카베르네 프랑을 짬뽕한 놈 마시고 감동하니 말이다. 7:3의 비율로 섞인 두 품종이 서로의 부족한 곳을 적절하게 메워서인지, 진심 훌륭했다. 물론 다시 저가형 말벡이나 카베르네 프랑 비율 높은 와인을 마신다면 실망할 확률이 높을 것이다. 내 코와 혀 세포가 바뀌지 않는 이상, 그 품종을 선호하지 않는 것은 경험적 사실이니까. 그럼에도 불구하고 내 판단이 선입견일 가능성은 항상 염두에 둬야겠다. 이스카이 같이 맛있는 와인을 놓치지 않도록.

셋째, 인기 많고 재구매율 높은 와인은 뭐가 달라도 다르다. 몬테스 알파도 그렇고, 시데랄도 그렇고, 이번 이스카이도 그렇고. 와인 매장에서 뭘 살지 모르겠다면, 직원에게 재구매율 높은 와인으로만 추천받아도 실패율이 줄어들 것이다.

넷째, 가끔이라도 와인 모임에 참석해야겠다. 집에서 아내랑 둘이서만 마시면 아무래도 와인 경험의 폭이 제한적이다. 간만에 와인 모임 딱 한 번 참석했는데, 생각지도 않게 이스카이를 만나 경험치가 대폭 상승하지 않았나. 다수가 모여 취향과 경험을 나누면 와인 생활에 큰 도움이 될 거라는 생각이 들었다.

기피하던 품종에서 깨달음 얻다니, 한 치 앞도 알 수 없는 게

인생이구나. 하긴 공대 나와서 연구원 하던 내가 사회과학 저자
로 살 거라고 생각이나 했는가. 이스카이 한 병이 인생 스승이다.

이토록 무궁무진한
와인의 세계

3장

블라인드 시음의
놀라운 결과

1976년 5월 24일 파리의 심판

Judgment of Paris

일반적으로 파리스의 심판Judgment of Paris이라고 하면 헤라, 아테나, 아프로디테 중 누가 가장 아름다운지 목동 파리스가 판결을 내리는 그리스 신화를 떠올릴 것이다. 하지만 와인 애호가들은 1976년 5월 24일에 있었던 파리의 심판이 떠오른다. 콧구멍이 훤히 보일 정도로 치솟은 프랑스 와인의 콧대가 미국 와인의 스트레이트 한 방에 주저앉은 역사적인 날이기 때문이다.

영국의 와인 상인 스티븐 스퍼리어Steven Spurrier는 미국 독립 200주년인 1976년에 자신을 포함한 열한 명의 와인 전문가를 모아 파리에서 프랑스 와인과 미국 와인의 블라인드 시음을 진행했다. 이 행사에 참가한 이들의 면면은 대단해서, 그 유명한 로마네 콩티의 공동소유주 오베르 드 빌렌Aubert de Villaine을 비롯해 프랑스 와인 및 요식업계의 명망가들이 한자리에 모였다.

두 번의 시음이 진행됐다. 첫째는 프랑스 화이트 와인(네 병) 대 미국 화이트 와인(여섯 병), 둘째는 프랑스 레드 와인(네 병) 대 미국 레드 와인(여섯 병)이었다. 객관적인 평가를 위해 열한 명 중에 주최 측 두 명을 제외한 프랑스인 아홉 명의 채점 결과를 합산했는데, 결과는 충격적이었다. 화이트와 레드 모두 미국 와인이 1위를 차지했기 때문이다. 행사를 주최한 스퍼리어도 전혀 예상하지 못한 결과였다.

화이트 와인 블라인드 시음 결과

순위	와인 이름	빈티지	원산지
1	Chateau Montelena	1973	미국
2	Meursault Charmes Roulot	1973	프랑스
3	Chalone Vineyard	1974	미국
4	Spring Mountain Vineyard	1973	미국
5	Beaune Clos des Mouches Joseph Drouhin	1973	프랑스
6	Freemark Abbey Winery	1972	미국
7	Batard-Montrachet Ramonet-Prudhon	1973	프랑스
8	Puligny-Montrachet Les Pucelles Domaine Leflaive	1972	프랑스
9	Veedercrest Vineyards	1972	미국
10	David Bruce Winery	1973	미국

레드 와인 블라인드 시음 결과

순위	와인 이름	빈티지	원산지
1	Stag's Leap Wine Cellars	1973	미국
2	Château Mouton-Rothschild	1970	프랑스
3	Château Montrose	1970	프랑스
4	Château Haut-Brion	1970	프랑스
5	Ridge Vineyards Monte Bello	1971	미국
6	Château Leoville Las Cases	1971	프랑스
7	Heitz Wine Cellars Martha's Vineyard	1970	미국
8	Clos Du Val Winery	1972	미국
9	Mayacamas Vineyards	1971	미국
10	Freemark Abbey Winery	1969	미국

얼마나 충격적이고 당황스러웠는지, 블라인드 시음에 참가한 와인 평론가 오데트 칸Odette Kahn 은 격분해서 자신의 채점 용지를 돌려달라고 요구했으며, 이후 시음회 행사가 부적절했다고 비난을 퍼부었다. 흥미롭게도 오데트 칸이 최고점수를 준 레드 와인은 바로 1위를 차지한 미국 와인 스택스 립 와인 셀라Stag's Leap Wine Cellars였다.

음식 문화라면 자존심이 하늘을 찌르는 프랑스에서는 결과를 받아들이기 어려웠다. 그래서 블라인드 시음 결과에 대한 다양한 흠집 내기가 있었으며, 그중 하나가 프랑스 와인은 오래 숙성되어야 진가를 드러낸다는 주장이었다. 오랫동안 숙성해서 비교하면 결과가 다를 거라는 얘기다.

'파리의 심판' 30주년인 2006년 5월 24일. 역시 스티븐 스퍼리어의 기획으로 미국에서 아홉 명, 영국에서 아홉 명씩 최고의 와인 전문가들이 모여서 1976년 5월 24일과 동일한 레드 와인으로 블라인드 시음을 진행했다. 추가로 30년 숙성된 상태에서 기량을 겨룬 것이다. 결과는 미국 와인의 압승. 무려 1위부터 5위까지 미국 와인이 쓸어버렸다. 30년 숙성되니 오히려 미국 와인이 전보다 더 나은 평가를 받았다.

30년 후 레드 와인 블라인드 시음 결과

순위	와인 이름	빈티지	원산지
1	Ridge Vineyards Monte Bello	1971	미국
2	Stag's Leap Wine Cellars	1973	미국
3	Mayacamas Vineyards (동률)	1971	미국
4	Heitz Wine Cellars 'Martha's Vineyard' (동률)	1970	미국
5	Clos Du Val Winery	1972	미국
6	Château Mouton-Rothschild	1970	프랑스
7	Château Montrose	1970	프랑스
8	Château Haut-Brion	1970	프랑스
9	Château Leoville Las Cases	1971	프랑스
10	Freemark Abbey Winery	1969	미국

선입견이란 게 이렇게 무섭다. 만약 라벨을 공개한 상태로 시음이 진행됐다면 미국 와인이 두 번 모두 승리했을지 의문이다. 와인만 그런 게 아니다. 바이올린 연주자라면 대부분 스트라디바리우스를 최고의 악기로 치며 선망한다. 17~18세기 이탈리아 최고의 악기 장인인 안토니오 스트라디바리가 제작한 바이올린들인데, 비싼 것은 하나에 수십억 원씩 한다. 그런데 수천만 원대 현대 바이올린에게 블라인드 테스트로 패배했다(물론 둘 다 비싸다).

나는 '파리의 심판'에 출전한 레드 와인 열 병 중 일곱 병을 마셔보았다(빈티지는 다르다). 블라인드 시음도 아니고 같은 날 한 꺼번에 비교하며 마신 것도 아니지만, 파리의 심판을 기념하는 의미에서 나름 순위를 매겨보고 싶었다. 시음 당시의 느낌을 가 까스로 떠올리며 양국의 참전용사들을 평가했다. 그렇게 결정 한 지극히 개인적인 순위는 다음과 같다.

1위 샤토 무통 로칠드 2005 Château Mouton Rothschild 2005
시음일 2016년 12월 24일

프랑스 보르도의 지롱드강 좌안 지역을 대표하는 5대 샤토 중 하나다. 2005년은 보르도의 포도 작황이 상당히 좋았던 해 이기도 하다. 시음 적기 초입이라 다소 거친 타닌을 예상했는 데, 의외로 질감이 매끄러워서 꽤 놀랐다. 이 와인 덕분에 밸런 스가 뛰어난 와인은 마치 생수처럼 투명한 느낌이 난다는 사실 을 깨달았다.

2위 샤토 오 브리옹 2007 Château Haut-Brion 2007
시음일 2015년 11월 5일

역시 5대 샤토 중 하나다. 2007년 보르도의 작황은 좋지 않 았지만 5대 샤토의 이름값은 했다. 당시 와인에 빠지고 딱 2개 월 만이라 미숙한 탓에 브리딩도 충분히 못 하고 타닌이 거친 상태로 마셨다. 그럼에도 입안이 얼얼할 정도의 강렬함을 통해 잠재된 기량을 충분히 느낄 수 있었다.

3위 스택스 립 와인 셀라 케스크 23 2009
Stag's Leap Wine Cellars CASK 23 2009

시음일 2016년 12월 3일

1976년 파리의 심판에서는 1위였지만 나는 3위 주련다. 2016년 은 내가 한창 미국 나파 밸리 와인에 빠졌던 시기라 이 와인보 다 더 뛰어난 평가를 받는 나파 밸리 와인을 여럿 마셨다. 그러 다 보니 상대적으로 크게 인상에 남지 않았던 것 같다. 그래도 나름의 수준을 보여주었다.

4위 샤토 레오빌 라스 카스 2006 Château Leoville Las Cases 2006
시음일 2020년 4월 11일

프랑스 보르도의 생 줄리앙 지역을 대표하는 와인이다. 지롱 드강 좌안 와인 중에서 5대 샤토 바로 아래 등급에 속할 정도로 높은 위상을 가진다. 하지만 개인적으로 생 줄리앙 지역의 상급 와인들은 대체로 가성비를 고려했을 때 다소 아쉽다는 느낌을 받았다. 차라리 절반 가격의 와인을 두 병 마시는 게 좋겠다 싶 은 느낌? 그런 어정쩡함 때문에 순위 또한 어정쩡한 4위다.

5위 샤토 몽로즈 2000 Château Montrose 2000

시음일 2019년 12월 8일

프랑스 보르도 생 테스테프Saint-Estèphe 지역의 넘버 투다(넘버 원은 샤토 코스 데스투르넬). 이 와인을 마시고 '타닌! 타닌! 타닌!'이 떠올랐다. 20년이 지났는데도 여전히 떫은 느낌이 강하다. 부드럽게 녹아든 상태로 마시고 싶다면 10년 이상 더 기다려야 한다. 1976년에는 샤토 무통 로칠드에 이어 3위를 했지만, 거센 타닌이 부담스러운 나에겐 5위다. 이 역시 내 개인 취향.

6위 클로 뒤 발 카베르네 소비뇽 2016

Clos Du Val Cabernet Sauvignon 2016

시음일 2020년 3월 13일

가성비가 뛰어난 나파 밸리 와인. 나파 밸리 와인은 대체로 연유를 탄 듯한 느끼함 때문에 계속 마시다 보면 물리는데, 이놈은 그렇지 않아 좋다. 그렇다고 균형 잡힌 프랑스 보르도 와인 느낌이냐면 꼭 그런 것도 아니다. 나파 밸리와 보르도의 중간쯤을 지향한달까? 호불호 크게 갈리지 않고 두루두루 사랑받을 스타일이다. 하지만 딱 거기까지라 6위.

7위 하이츠 셀라 카베르네 소비뇽 2011

Heitz Cellar Cabernet Sauvignon 2011

시음일 2016년 5월 16일

캘리포니아 나파 밸리 출신. 얘는 한마디로 박하다! 그 박하 향이 나에게는 상당히 거슬렸다. 이 와인 엄청 좋아하는 사람도 많지만, 어쩌겠는가? 나한테는 거북한 것을. 그래서 꼴찌 줬다. 참고로 파리의 심판에 참가한 와인은 윗급인 하이츠 셀라 마르타스 빈야드Heitz Cellar Martha's Vineyard이다. 아직 안 마셔봤는데 리뷰를 검색하니 얘도 박하 향이란다.

순위를 정하니 우습게도 (7위가 6위보다 비싼 것 빼고는) 대체로 가격순이다. 나에게는 가격 정보가 강한 선입견으로 작용하나 보다. 개털 주제에 무리해서 샀으니 기필코 맛있어야 한다는 강박 탓이려나? 만약 블라인드 시음을 했다면 결과가 어떨지 궁금하다.

1976년 파리의 심판 채점표를 보면 그 대단하다는 전문가마다 순위가 들쭉날쭉하다. 예컨대 시음 참가자인 미셸 도바Michel Dovaz는 최종 1위인 스택스 립 와인 셀라를 8위로 평가했다. 물론 와인 맛이 다 거기서 거기라는 얘기는 아니다. 저가 와인과 고급 와인은 혀만 있으면 누구나 단박에 구분할 만큼 차이가 확연하다. 하지만 파리의 심판 와인은 기본적으로 모두 고급 와인이다. 일정 수준 이상의 와인은 가격 차이만큼 맛의 차이가 확연하지 않다. 그래서 전문가도 취향에 따라 평가가 휙휙 달라진다. 이런 마당에 내 평가가 우연히(?) 가격순인 게 무슨 문제인가. 나는 가격에 민감한 속물적 혓바닥을 가졌나 보지 뭐. 그냥 내 혀에 충실하게 살란다.

●

이거 혹시
위조 와인?

다큐멘터리 〈신 포도 Sour Grapes〉

그날도 다 마시고 모셔놓은 와인 빈 병을 이것
저것 꺼내어 보던 중이었다. 샤토 마고 2003 빈
티지 빈 병을 꺼내서 흐뭇하게 바라보던 중이었
는데, 예전에는 무심코 놓쳤던 특이사항을 발견
했다. 병 뒷면에 라벨이 없는 것 아닌가. 그동안
마셨던 와인들은 대체로 전면과 후면에 모두 라
벨이 붙어 있었다. 혹시나 해서 보관 중인 다른
와인 병들을 확인해 보았다.

샤토 오 브리옹 2007, 샤토 마고 2003, 샤토 라피트 로칠드
2006, 샤토 무통 로칠드 2005, 샤토 슈발 블랑 2008. 모두 비슷
한 가격대의 와인인데 샤토 마고 2003만 후면 라벨이 없었다.

불안감이 엄습했다. 당장 포털 사이트에서 샤토 마고 와인 병
사진을 검색했는데, 이런 젠장! 검색에 나온 2009, 2012 빈티
지 사진에는 검은색 후면 라벨이 있다. 이거 혹시 위조 와인 아
닐까? 게다가 공교롭게도 마시고 남겨둔 빈 병 중에 샤토 오 브
리옹, 샤토 라피트 로칠드, 샤토 무통 로칠드, 샤토 슈발 블랑은
롯데칠성음료(주), 신동와인 등의 국내 수입사가 프랑스의 해당
와이너리에서 직접 수입했다. 하지만 샤토 마고 2003은 내가

네덜란드 와인 매장에서 해외직구로 구입한 와인이다.

와인을 구입한 네덜란드 매장은 전혀 문제가 없는 곳이며, 2015년 12월에 마셨던 샤토 마고 2003의 풍미는 정말 충격적일 정도로 끝내줬는데, 설마 위조 와인일까? 전면 라벨을 자세히 들여다보고 코르크에 인쇄된 문양도 살펴보고, 와인 병 구석구석을 뜯어보아도 딱히 의심 가는 구석은 없었다. 다만 문제는 후면 라벨이 없다는 점이었다.

이게 얼마짜리 와인인데! 답답한 심정에 해당 와인을 구입했던 네덜란드 와인 매장과 샤토 마고 와이너리에 후면 라벨이 없는 것에 대한 문의 메일을 보냈다.

사실 위조 와인 문제는 다큐멘터리가 제작될 정도로 상당히 진지하고 심각한 사안이다. 2016년에 공개된 다큐멘터리 〈신포도Sour Grapes〉는 위조 와인으로 미국 와인 업계를 발칵 뒤집은 인도네시아인 루디 쿠르니아완Rudy Kurniawan의 이야기를 담고 있다.

1990년대에 닷컴 붐이 일면서 부유한 수집가들 사이에서 와인 경매에 참여하는 문화가 발달했다. 와인이 상당히 훌륭한 투자상품이라는 인식이 퍼진 것이다. 당시 와인 경매장에서 단연 주목을 받던 이는 루디 쿠르니아완이었다. 한 달에 100만 달러씩 와인 구매에 쓰는 재력에, 놀라운 미각과 풍부한 지식을 가진 이 젊은 남자는 단번에 사람들의 눈길을 끌었다. 중국 전체 하이네켄 판매 독점권을 루디 가족이 소유하고 있다는 소문이 돌았지만, 누구도 루디 쿠르니아완이 어떤 사람인지 정확히 알지는 못했다. 루디와 와인 모임을 함께 했던 영화 감독 제프리 레비Jefery Levy는 다큐멘터리에서 다음과 같이 회상한다.

"지식의 폭이 놀라울 정도였어요. 제게 거의 모든 것을 가르칠 정도였으니까요. 추종자가 생길 정도였고 루디를 모르는 사람이 없었어요. 루디의 신화가 만들어진 이유 중 하나는 그가 탁월한 미각을 가지고 있었기 때문이에요. 제가 만나본 사람 중 미각이 가장 뛰어났어요. 캘리포니아에서 프랑스까지 어떤 종류의 와인도 루디는 믿기 어려울 정도로 정확하게 맞혔으니까요."

루디는 특히 프랑스 부르고뉴의 대표 와인 로마네 콩티를 매우 좋아해서 닥터 콩티Dr. Conti로 불리기도 했다. 와인 경매에서 루디의 영향력은 대단해서, 그가 등장한 이후 희귀 와인이나 부르고뉴의 올드 빈티지 와인 가격이 급등할 정도였다. 루디는 2006년에 와인 경매에 자신이 수집한 와인 일부를 2회에 걸쳐 3,540만 달러에 판매해 와인 경매 신기록을 세우기도 했다.

하지만 승승장구도 여기까지, 슬슬 문제가 발생하기 시작한다. 루디의 와인을 사들인 억만장자 수집가 빌 코크Bill Koch가 의구심을 가지기 시작한 것이다. 빌 코크는 토머스 제퍼슨이 소유했다는 와인 네 병(모두 위조 와인)을 거액에 구입한 수집가로도 유명한데, 위조 와인에 분노가 치밀어 와인 저장고에 있는 4만 3,000병 중에서 위조품을 색출하기 시작했다. 결과는 심각했다. 명백하게 위조로 판명 난 것만도 400병이 넘었으며 해당 와인의 구매가가 400만 달러에 이를 정도였다.

특히 희귀 와인 위조가 두드러졌다. 예컨대 빌 코크는 페트뤼스Pétrus 1921 빈티지 매그넘(1.5L)을 2만 5,000달러에 구입했는데, 알고 보니 그해에는 페트뤼스 매그넘 사이즈가 출시되지 않았다. 1858년산 와인병에서는 한참 뒤에야 개발된 접착제 성분이 검출되었다. 빌 코크는 경매에서 루디의 와인도 사들였는데 그중에도 의심할 여지가 없는 위조품들이 있었다. 부자가 한을 품으면 일 년 내내 서리가 내린다고 했던가. 빌 코크는 개인 탐정을 통해 루디 쿠르니아완의 뒤를 캐기 시작했다.

그 와중에 또 다른 문제가 터졌다. 이번에는 더 심각했다. 2008년 4월 뉴욕의 와인 경매에서 루디가 도멘 퐁소Domaine Ponsot의 클로 드 라 로슈Clos de la Roche 와인과 클로 생 드니Clos Saint-Denis 와인을 내놓았는데, 그게 문제가 된 것이다. 도멘 퐁소의 소유주였던 로랑 퐁소Laurent Ponsot는 다큐멘터리에서 다음과 같이 얘기한다.

"2008년 4월 뉴욕 경매 당시의 카탈로그예요. 이건 도멘 퐁소인데 사진을 보면 1929년산 클로 드 라 로쉬라고 나와 있어요. 퐁소 라벨은 1934년부터 제작됐죠. 그러니 위조품이 이미 카탈로그에도 오른 거예요. 여기 있는 것도 모두 위조품이고요. 이런 포일도 사용한 적이 없어요. 니콜라에 와인을 판매한 적도 없죠. 라벨 외에 이런 모양을 입힌 적도 없어요. 모두 클로 생 드니인데 1945년, 1949년, 1966년, 1971년산으로 표기됐지만 시판된 건 1982년이에요. 여기 평점 99점을 줬다는 전문가는 바로 경매인인 존 케이폰John Kapon이고요. 어떻게 5만 달러 7만 달러나 하는 와인에 이렇게 좋은 평점을 주게 됐을까요? 경매인은 20% 수수료를 챙기기 때문이에요. 이틀 후 비행기를 타고 (경매가 열리는) 뉴욕으로 건너갔어요."

경매를 중지시킨 로랑 퐁소는 루디를 만나 와인을 어디서 샀는지 캐물었다. 위조 와인의 출처를 밝혀내고 싶었기 때문이었다. 루디는 자신이 와인을 너무 많이 구입하기 때문에 확인이 필요하다고 대답했다. 나중에 로랑은 루디로부터 이메일을 받았는데 인도네시아 자카르타에서 와인을 샀으며 판매자 이름은 팍 헨드라Pak Hendra라는 거였다. 그 후 루디로부터 추가로 팍 헨드라의 연락처라며 전화번호 두 개를 받았는데, 확인해보니 한 번호는 라이언 에어라는 인도네시아 항공사 번호였고 다른 번호는 와인과는 무관한 인도네시아 상점의 번호였다. 게다가 '팍'은 인도네시아어로 '씨'라는 존칭이고 '헨드라'는 인도네시아에서 가장 흔한 성이다. 루디는 "서울의 김 씨에게 와인을 샀다"고 얘기를 한 셈이다.

결국 이 문제를 주시하던 FBI가 수사에 들어갔고 루디의 자택에서 돈다발처럼 묶여 있는 엄청난 수량의 위조 라벨, 코르크 추출 기구와 재밀봉 기구, 라벨이 부착되지 않은 빈 병, 라벨 분리 중인 병 등 다수의 와인 위조 증거품을 발견했다. 그중 흥미

로운 물품은 반쯤 채워진 병에 손글씨를 쓴 것이었는데, 'M-45'
와 그 제조법이 적혀 있었다. M-45는 세기의 와인으로 불리는
샤토 무통 로칠드 1945를 의미하는 표식이다. 여러 와인을 섞
어 자신이 마신 샤토 무통 로칠드 1945의 맛을 비슷하게 재현
하려 노력한 것이다. 실제 루디의 위조 와인은 라벨에 적힌 와
인의 특징을 꽤 잘 살렸다고 한다.

참고로 루디의 외가 사람들, 구체적으로 어머니의 형제들은
인도네시아 역사상 최악의 금융사기범들이라고 한다. 그들이
훔친 액수는 7억 8천만 달러에 달하며 그중 회수된 금액은 10%
도 안 된다는데, 루디의 재력은 외가의 금융 범죄 덕분이라는
추측이 지배적이다. 그럼에도 불구하고 루디는 항상 돈에 쪼들
렸다고 한다. 신용카드 사용액이 1,600만 달러에 달하고 대저
택에 고급 차도 여러 대 소유했으며, 유명 화가인 데이미언 허
스트나 앤디 워홀의 작품도 구입할 정도로 소비욕이 강했기 때
문이다. 그러다 보니 한쪽에서 돈을 빌려 다른 쪽에 갚는 식으
로 모자란 돈을 메꾸기 일쑤였고, 결국 자신의 뛰어난 재능을
살려 와인 위조에 손을 댄 것으로 보인다.

정황상 와인 위조에 루디 집안 전체가 연루되었을 거라는 의

혹이 강했다. 실제 라벨에 사용된 종이의 일부는 인도네시아에서 왔으며, 루디는 2007년에 와인 판매로 얻은 1,700만 달러의 수입을 홍콩과 인도네시아에 있는 형제들에게 송금하기도 했다. 하지만 증거가 불충분해 루디만 기소되었으며 결국 위조 와인 판매로 2013년 12월 재판에서 징역 10년 형을 받고 감옥에 갇혔다. 향후 피해자들에게 2,840만 달러를 지급해야 하는 신세로 전락했다. 2020년 11월 6일에 석방됐다는 소식을 접했는데, 그의 이후 행보가 궁금하다.

그러고 보니 너무 루디 쿠르니아완 얘기만 한 것 같다. 정작 궁금한 것은 샤토 마고 2003의 위조 여부일 텐데 말이다. 며칠 뒤 와인 매장과 샤토 마고 와이너리에서 각각 답장이 왔다. 그 중 샤토 마고의 대외협력 담당자 요하나 루베Johana Loubet의 답장 일부를 옮긴다.

Actually, back labels appeared with the 2005 vintage of Château Margaux and Pavillon Rouge bottles as it was the vintage when we slightly changed the front label, making it lighter with writings which were put on a back label. So there were no back labels until 2005 which explains why your bottle only have a front label.

요컨대 후면 라벨은 2005 빈티지부터 사용했으니 2003 빈티지에는 없는 것이 당연하다는 뜻이다. 오히려 2003 빈티지에 후면 라벨이 있다면 위조 와인인 셈이다. 휴! 다행이다. 의문이 풀렸구나. 그나저나 경매에서 판매된 루디의 위조 와인이 여전히 돌아다닌다고 하니, 혹시나 희귀 와인이나 초고가의 보르도 및 부르고뉴 와인을 구입한다면 각별한 주의가 필요하겠다. 날고 긴다는 전문가들도 루디한테 속아 위조 와인을 경매에 부친 것 아니겠나. 욕망은 언제 어디서나 사람의 눈을 흐리게 만든다.

와인 애호가의
최종 목적지

부르고뉴 와인 등급

와인 애호가들이 수많은 시행착오를 거치며 돌고 돌아 도착하는 최종 목적지, 바로 프랑스 부르고뉴 지역의 피노 누아다. 영롱한 루비색에 얇은 투명 커튼처럼 섬세하면서도 육감적이고 세련된 이 액체를 접하면 와인 분류 기준이 달라진다, 부르고뉴 피노 누아와 기타 와인으로. 와인 초보더라도 단박에 구분할 수 있을 만큼 맛과 향에서 자신만의 개성을 한껏 드러내니 그 존재감은 이루 말할 수 없다. 미국이나 뉴질랜드의 피노 누아도 나름 인정받고 있으나 여전히 부르고뉴 피노 누아에 견주기에는 기량 차이가 크다.

와인의 끝판왕으로 평가받는 피노 누아. 빛깔과 풍미의 섬세함만큼이나 껍질도 얇고 토양 및 기후에 예민해 키우기가 이만저만 손이 가는 게 아니다. 그래서? 비싸다. 그것도 많이 비싸다(그 유명한 로마네 콩티도 부르고뉴 피노 누아다). 부르고뉴에 맛들이면 패가망신한다는 얘기가 괜히 있는 게 아니다. 하지만 결국 와인 애호가는 부르고뉴로 발길을 향하게 되어 있다. 다만 부르고뉴로 나아가는 길은 다소 험난하니 나침반이 되어줄 사전 지식들이 필요하다. 그중 하나인 부르고뉴 와인 등급에 대해 얘기해보겠다.

2015년 11월의 일이다. 전달에 마신 부르고뉴 와
인 알베르 비쇼 뉘 생 조르주 프리미에 크뤼 샤토
그리 모노폴Albert Bichot Nuits-Saint-Georges Premier
Cru Château Gris Monopole 2010 빈티지가 너무 인상
적이었다. 마침 모 백화점 와인 매장의 할인장터
에서 부르고뉴 와인을 추천받고 있었다.

매니저 조셉 드루앙 주브레 샹베르탱Joseph Drouhin Gevrey-
Chambertin 2010 빈티지 추천드립니다.

임승수 알베르 비쇼 뉘 생 조르주 프리미에 크뤼 샤토…, 아
이고 이름이 어려워서 사진으로 보여드릴게요. 이게 정말 맛
있었는데요. 이거랑 비교해서 어떤가요?

매니저 상대가 안 되죠. 주브레 샹베르탱이 뉘 생 조르주보다
더 좋아요.

임승수 아. 그런가요? 추천해주시는 와인이 더 싼데, 그래도
더 좋은 건가요?

매니저 네에. 믿고 드셔보세요.

지금 생각하면 헛웃음이 절로 나오는 대화다. 이 대화에 무슨
문제가 있는지를 알아야 부르고뉴 와인을 잘 고를 수 있다. 지

금부터 샹폴리옹이 로제타석을 분석하듯 암호문 같은 대화를 분석해보자.

부르고뉴 와인은 품질에 따라 등급이 나뉘는데 낮은 등급부터 지역 단위 〉마을 단위 〉프리미에 크뤼 〉그랑 크뤼 순이다. 각 등급이 의미하는 바는 다음과 같다.

지역 단위 Regional appellation

아래의 사진에서 확인할 수 있듯, 지역 단위 와인은 와인 라벨에 Bourgogne(부르고뉴)라고 크게 쓰여 있다. 위 등급 와인을 만들고 남은 포도로 만든 와인이라고 생각하면 이해가 쉽겠다. 부르고뉴 와인의 절반이 조금 넘는 정도가 지역 단위 등급으로 분류된다. 더 자세히 들어가면 살짝 복잡한데, 사실 이 정도만 알고 있어도 큰 문제는 없다. 부르고뉴 와인 중 그나마 상대적으로 저렴하다.

마을 단위 Village appellation

부르고뉴에는 40여 개에 이르는 마을이 있다고 한다. 그중에서도 특히 코트 드 뉘Côte de Nuits 지역의 마을들이 유명한데, 본 로마네, 뉘 생 조르주Nuits-Saint-Georges, 주브레 샹베르탱Gevrey-Chambertin, 샹볼 뮈지니Chambolle-Musigny, 부조Vougeot, 모레 생 드니Morey-Saint-Denis 등이 와인 애호가에게 친숙한 마을이다. 부르고뉴 와인 중 대략 35% 내외가 이 등급에 속한다고 한다. 마을 단위 와인의 라벨에는 마을 이름만 크게 적혀 있다. 예컨 대 라벨에 크게 'Gevrey-Chambertin'이라고만 적혀 있으면 주 브레 샹베르탱 마을에서 재배한 포도로 만든 와인이라는 의미 다. 지역 단위 와인보다 비싸지만 그래도 비벼볼 만하다. 아무 래도 애호가들은 이 등급의 와인을 주로 마시게 된다.

프리미에 크뤼 Premier Cru

마을의 포도밭 중에서 품질이 뛰어난 밭을 따로 프리미에 크뤼 등급으로 지정한다. 프리미에 크뤼 와인의 라벨에는 마을 이름과 더불어 포도밭의 이름도 함께 들어가며, 프리미에 크뤼 등급 와인임을 의미하는 Premier Cru(혹은 1er Cru)가 붙는다. 부르고뉴 와인 중 대략 10% 정도를 차지한다. 이 등급부터 가격이 급속히 상승한다. 명성 높은 몇몇 프리미에 크뤼 와인은 심지어 웬만한 그랑 크뤼보다 훨씬 비싸기도 하다.

그랑 크뤼

마을의 포도밭 중에서 프리미에 크뤼를 뛰어넘는 최고 수준의 밭을 그랑 크뤼 등급으로 지정한다. 그랑 크뤼 와인의 라벨에는 마을 이름이 없고 포도밭의 이름만 들어가며, 그랑 크뤼 등급 와인임을 의미하는 Grand Cru가 붙는다. 부르고뉴 와인의 약 1~2% 정도 차지한다. 이 등급에서는 가격이 구름 위로 올라간다. 그중에서도 특히 높은 평가를 받는 몇몇 그랑 크뤼 와인은 웬만한 소형차 한 대 가격이다. 경제적 여유가 있는 사람이더라도 구입에 큰 결심과 명분(생일, 기념일 등)이 필요하다.

자! 이제 다시 문제의 그 대화 장면으로 돌아가 암호문을 해석하자. 우선 매니저의 "주브레 샹베르탱이 뉘 생 조르주보다 더 좋아요"라는 말 자체는 큰 문제가 없다. 앞서 설명했듯이 주브레 샹베르탱과 뉘 생 조르주는 부르고뉴 마을 이름이다. 주브레 샹베르탱 마을은 아홉 개에 이르는 그랑 크뤼 포도밭이 있을 정도로 높은 평가를 받는다. 하지만 뉘 생 조르주 마을에는 그랑 크뤼 밭이 하나도 없을 정도로 대체로 평가가 떨어진다. 와인 가격도 다른 마을에 비해 저렴한 편이다. 주브레 샹베르탱이 뉘 생 조르주보다 더 좋다는 얘기는 그런 사실을 토대로 나온 말이다. 다만, 그 매니저의 말은 어디까지나 지역 대 지역, 마을 대 마을, 프리미에 크뤼 대 프리미에 크뤼 식으로 같은 등급끼리 비교했을 때라야 의미가 있다.

내가 매니저에게 사진으로 보여준 와인은 뉘 생 조르주 마을의 프리미에 크뤼 등급 와인이다. 라벨에 마을 이름인 뉘 생 조르주와 더불어 밭 이름인 샤토 그리Château Gris가 명시되어 있으며, 프리미에 크뤼1er Cru라는 표식도 있다. 반면 조셉 드루앙 주브레 샹베르탱은 마을 등급 와인이다. 라벨에 마을 이름인 'Gevrey-Chambertin'만 크게 적혀 있다.

뉘 생 조르주 마을이 주브레 샹베르탱 마을보다 떨어진다손 치더라도 뉘 생 조르주 프리미에 크뤼 등급 와인이 주브레 샹베르탱 마을 단위 와인에도 못 미칠 수준은 아니다. 당시 알베르 비쇼 뉘 생 조르주 프리미에 크뤼 샤토 그리 모노폴 2010의 가격은 조셉 드루앙 주브레 샹베르탱 2010의 가격보다 더 높기도 했고, 실제로 구입해서 마신 결과 알베르 비쇼 프리미에 크뤼 와인 쪽이 더욱 인상적이었다.

지금 생각해보면 두 가지 가능성이 있다. 그 매니저가 부르고뉴 와인 등급에 대해 잘 몰랐거나, 알고 있지만 와인 판매를 위해 그렇게 얘기했을 경우다. 솔직히 말해 주브레 샹베르탱과 뉘생 조르주의 격차를 아는 사람이 과연 부르고뉴 와인 등급을 몰랐을까? 해당 와인을 판매하기 위해 어수룩한 초짜에게 그렇게 얘기하지 않았나 싶다. 물론 비싼 가격으로 구입해 바가지를 쓴 것은 아니지만, 부르고뉴 와인 등급을 알게 된 이후 그 와인 매장에는 가지 않게 되었다.

부르고뉴 와인을 영접한다면 지역 단위 혹은 마을 단위부터 시작해서 경험을 쌓으며 차근차근 위 등급으로 올라가는 게 무난할 것이다. 시음 데이터가 어느 정도 쌓여야 프리미에 크뤼나 그랑 크뤼 등급 와인의 진가를 더욱 또렷하게 이해할 수 있을 테니. 다만 그렇게 미적거리기에는 성격도 급하고 호기심을 못이기는 사람도 있기 마련이다, 나…처럼. 그러니 정 못 참겠으면 순식간에 그랑 크뤼로 진입해도 괜찮다. 어차피 인생도 맨땅에 헤딩하며 나름 굴곡지게 잘 살아오지 않았는가.

120개월 할부라도
돌려볼까?

도멘 프리에르 로크
본 로마네 프리미에 크뤼 레 슈쇼 2011
Domaine Prieuré Roch
Vosne-Romanée 1er Cru Les Suchots 2011

앞선 글에서 프랑스 부르고뉴 지역 와인은 품질에 따라 지역 단위〉마을 단위〉프리미에 크뤼〉그랑 크뤼 순으로 등급이 나뉘며, 대체로 지역 단위 와인이 제일 저렴하고 그랑 크뤼 와인이 가장 비싸다고 했다. 프리미에 크뤼와 그랑 크뤼 등급은 품질이 좋은 포도를 생산하는 '포도밭'에 부여한다는 점을 꼭 기억하자(참고로, 프랑스 보르도 지역의 등급체계는 또 다르다). 이제 부르고뉴 와인 등급을 알았으니 만사 오케이? 세상일이 그렇게 단순하면 얼마나 좋겠느냐만, 부르고뉴 와인을 선택할 때 등급 이상으로 중요한 요소가 있으니 바로 생산자다.

생산자가 부르고뉴 와인의 가격에 얼마나 큰 영향을 끼치는지 알아보자. 부르고뉴의 샹볼 뮈지니 마을에는 그랑 크뤼 등급을 받은 두 개의 밭이 있으니, 뮈지니와 본 마르Bonnes-Mares다. 둘 중에서 더 높은 평가를 받는 뮈지니 밭의 와인을 와인서쳐 앱으로 검색했다. 다양한 와인 목록이 나온다. 10헥타르 면적의 뮈지니 밭을 여러 생산자가 구획을 나눠 소유하기 때문이다. 그중 네 와인을 골라 2020년 7월 19일 기준으로 병당 해외 평균 거래가(세금 제외)를 비교했다.

도멘 르루아 뮈지니 그랑 크뤼 Domaine Leroy Musigny Grand Cru
| 1,955만 4,470원

도멘 조르주 & 크리스토프 루미에 뮈지니 그랑 크뤼 Domaine
Georges & Christophe Roumier Musigny Grand Cru | 1,583만 960원

도멘 콩트 조르주 드 보귀에 뮈지니 그랑 크뤼 뀌베 비에이 비뉴
Domaine Comte Georges de Vogüé Musigny Grand Cru Cuveé Vieilles
Vignes | 103만 5,317원

도멘 드루앙 라로즈 르 뮈지니 그랑 크뤼 Domaine Drouhin-
Laroze Le Musigny Grand Cru | 75만 6,811원

*도멘 르루아, 도멘 조르주 & 크리스토프 루미에, 도멘 콩트 조르주 드 보귀에, 도
멘 드루앙 라로즈는 생산자 이름이다.

그랑 크뤼 포도밭 중에서도 명성 높은 뮈지니답게 죄다 미
친 가격이지만, 같은 밭에서 생산된 와인인데도 70만 원대부터
2,000만 원까지 편차가 너무나 크다. 그 이유는 생산자가 다르
기 때문이다. 한때 로마네 콩티의 공동소유주였으며 현재 부르
고뉴의 최고 생산자로 꼽히는 랄루 비즈 르루아Lalou Bize-Leroy
가 이끄는 도멘 르루아가 역시 제일 비싸다. 그에 비하면 도멘
드루앙 라로즈 가격은 채 4%, 그러니까 25분의 1도 안 된다.

참고로 네 와인 명칭에 공통으로 들어가는 '도멘Domaine'은 와인 생산자가 해당 포도밭을 소유하고 재배부터 양조 과정까지 책임진다는 의미다. 이와 달리 남이 재배한 포도나 와인 원액을 구입해 와인을 만들어 팔면 '네고시앙Négociant'이라고 부른다.

네고시앙 중에는 자금력을 바탕으로 자기 소유의 포도밭도 있는 기업형이 있는데, 이러한 거대 네고시앙을 따로 '메종Maison'이라고 부른다. 메종 J. 페블리Maison J. Faiveley, 메종 조셉 드루앙Maison Joseph Drouhin, 메종 루이 자도Maison Louis Jadot, 메종 루이 라투르Maison Louis Latour, 메종 르루아Maison Leroy 등이 유명하다.

이들은 남의 포도로 와인을 만들면서, 동시에 자기 밭 포도로도 와인을 만든다. 메종들도 자기 밭 포도로만 만든 와인에는 따로 '도멘'이라고 표기하기도 한다. 애호가들이 도멘을 선호하기 때문이다.

도멘	포도밭을 소유하고 재배부터 양조 과정까지 책임진다.
네고시앙	남이 재배한 포도나 와인 원액을 구입해 와인을 만든다.
메종	네고시앙 중에 자기 소유의 포도밭도 있는 기업형 생산자.

다시 본론으로 돌아와서, 생산자별 가격 차이는 그랑 크뤼 등급뿐만 아니라. 프리미에 크뤼, 마을 단위, 지역 단위에서도 동일한 현상이다. 주브레 샹베르탱의 마을 단위 와인의 가격을 생산자별로 비교해보자.

메종 르루아 주브레 샹베르탱 Maison Leroy Gevrey-Chambertin
| 61만 1,503원

올리비에 번스타인 주브레 샹베르탱 '빌라주' Olivier Bernstein
Gevrey-Chambertin 'Villages' | 16만 1,957원

조셉 드루앙 주브레 샹베르탱 Joseph Drouhin Gevrey-Chambertin
| 7만 4,167원

같은 주브레 샹베르탱의 마을 단위 와인이지만 르루아 여사의 메종 르루아 가격은 조셉 드루앙의 8배가 넘는다. 이 정도면 웬만한 그랑 크뤼 등급 와인보다도 비싸다.

부르고뉴 지역이 유독 이렇게 생산자에 따라서 가격 차이가 심한 첫 번째 이유는, 같은 밭이더라도 재배 방식과 양조 방법에 따라 와인의 품질이 크게 달라지기 때문이다. 부르고뉴 지역의 주품종인 피노 누아는 워낙 섬세하고 예민한 포도라 기후天,

토양地, 인간人의 손길에 민감하다.

    최고의 생산자로 꼽히는 도멘 르루아는 유기 농법보다 훨씬 까다로운 바이오다이내믹biodynamic 농법을 적용해 화학비료, 살충제, 제초제를 일절 사용하지 않고 심지어 태양, 달, 행성 같은 천체의 움직임까지 고려할 정도로 지극정성으로 포도를 재배한다. 혹여나 포도밭에 부담을 주지 않을까 싶어 트랙터처럼 무거운 농기계나 말 같은 가축도 사용하지 않는다. 일일이 사람의 손으로 선별해서 수확한 포도를 모아놓고 재차 골라내어 최고 품질의 포도만을 사용한다. 그러다 보니 단위 면적당 와인 생산량은 매우 적고 품질은 월등해 가격이 크게 오른다.

    하지만 아무리 그렇다손 치더라도, 같은 그랑 크뤼 밭에서 만든 와인의 가격이 25배 넘게 차이 나는 상황을 품질만으로 설명하기는 어렵다. 두 번째 이유는, 와인 공급량은 한정되어 있는데 수요가 끊임없이 증가하기 때문이다. 앞서 언급했다시피 부르고뉴에서는 프리미에 크뤼, 그랑 크뤼 등급을 포도밭에 부여한다. 해당 밭의 면적이 여의봉처럼 늘었다 줄었다 하지 않으니 와인 생산량은 매년 대동소이하다. 예컨대 뮈지니 밭은 전체 10헥타르 정도인데 그중 도멘 르루아가 소유한 구획은 고작

0.27헥타르다. 거기서 만들면 얼마나 만들겠는가. 경제가 성장하면서 고급 와인에 대한 수요는 지속적으로 높아지는데 부르고뉴 고급 와인의 생산량은 그대로니 가격이 천정부지로 치솟을 수밖에. 거기에 도멘 르루아의 명성이 더해지고 투기 수요까지 붙어 와인 한 병이 자동차 한 대 값에 달하는 지경이 되었다.

때는 2017년 1월 1일, 한 해를 시작하는 특별한 날이라 근사한 부르고뉴 와인을 마시고 싶었다. 부자 동네 견학하는 심정으로 방문했던 압구정동 갤러리아 백화점에서 충동구매한 부르고뉴 와인 하나를 셀러에서 꺼냈다.

도멘 프리에르 로크 본 로마네 프리미에 크뤼 레 슈쇼 2011
Domaine Prieuré Roch Vosne-Romanée Premier Cru Les Suchots 2011

이 암호문 같은 와인 명칭을 의미를 분석하면 다음과 같다. 생산자인 도멘 프리에르 로크 Domaine Prieuré Roch가 본 로마네 마을의 프리미에 크뤼 등급 받인 레 슈쇼Les Suchots에서 2011년에 수확한 포도로 만든 와인이라는 의미다.

개털 사회과학 작가 주제에 30만 원대 중반의 거금을 주고 구입한 놈이기에, 무슨 일이 있어도 맛있어야 했다. 로또 뽑는 심정으로 눈 질끈 감고 한 모금 마셨는데, 간만에 혓바닥에서 잭팟이 터졌다. 지금도 그 당시 와인의 이미지가 선명하다. 구름 사이로 드문드문 별빛 비추는 한밤, 외딴섬 해변에 앉아 주기적인 파도 소리에 취해 무작정 바다를 바라보는 그 아득함 말이다. 놀라운 집중도와 깊이를 가진 대단한 와인이었다. 삼십여만 원이 은혜로운 가격이라고 느껴질 정도였으니.

도멘 프리에르 로크는 어떤 생산자이길래 이런 와인을 만들 수 있을까? 찾아보니 설립자 앙리 프레데릭 로크Henry Frédéric Roch는 르루아 여사의 외조카이며, 무엇보다도 로마네 콩티의 공동소유주인 것 아닌가. 어쩐지! 다들 로마네 콩티와 연결이 되는구나. 3년이 지난 지금, 해당 와인의 가격은 두 배 이상 뛰어 100만 원에 근접하고 있다. 2018년에 설립자인 앙리 프레데릭 로크가 50대의 젊은 나이로 사망한 것도 영향을 끼쳤을지 모르겠다. 예술가의 사망이 작품 가격에 영향을 주듯 말이다.

외조카의 와인도 이렇게 맛있는데, 르루아 여사의 와인은 얼마나 대단할까? 수십억 원의 로또 돈벼락을 맞지 않는 이상 내 혓바닥이 2,000만 원에 육박하는 도멘 르루아 뮈지니 그랑 크뤼와 인연을 맺을 일은 없을 것이다. 하지만 이대로 물러서기에는 너무나 궁금하다. 어차피 내 인생의 8할은 호기심이 이끌어 오지 않았나. 눈 딱 감고 120개월 할부라도 돌려볼까?

누구라도,
입맛은 제각각이다

와인 평론가 점수

와인 매대를 구경하다 보면 스티커가 주렁주렁 붙은 병들이 눈에 띈다. 한 놈은 마치 WBC 슈퍼미들급 챔피언 벨트인 양 허리춤에 평론가 점수 스티커를 두르고 있고, 다른 한 놈은 마라톤 우승 월계관 쓰듯 주둥이에 로버트 파커 94점 스티커를 붙이고 있다. 사실 그럴만하다. 나 역시 와인을 고를 때 로버트 파커, 제임스 서클링James Suckling, 잰시스 로빈슨Jancis Robinson 등 쟁쟁한 와인 평론가의 점수를 수시로 참고한다. 미국 및 유럽의 와인 매장 홈페이지에는 판매하는 와인마다 평론가 점수가 상세하게 적혀 있다. 그만큼 소비자들이 신뢰하고 참고한다는 의미다.

특히 로버트 파커Robert M. Parker Jr.는 점수 하나로 와인 업계를 뒤흔든 세계에서 가장 영향력 있는 평론가이다. 100점 만점 평가제를 처음 도입해 대중화시켰으며, 대부분의 와인 평론가가 1982 빈티지의 프랑스 보르도 와인을 저평가할 때 로버트 파커만이 역대급 빈티지라고 절찬했다. 결국 로버트 파커의 판단이 옳았음이 판명되며 세계적인 명성을 얻기 시작했다.

초반에는 평론가 점수가 높으면 묻지도 따지지도 말고 구매했다. 그렇게 맨땅에 헤딩하다가 이마가 몇 번 터지고 나서야 점수를 참고할 때 유념할 점이 있음을 깨닫게 되었다. 세상만사가 그렇듯 점수가 높다고 항상 내 입에 만족스럽지는 않더라. 그렇다면 평론가 점수는 무시해도 좋을까? 그럴 리가! 엄청난 지식과 경륜을 쌓은 이들의 평가인데, 오히려 매우 중요한 정보이다. 그러면 도대체 어쩌란 말이냐?

엠 샤푸티에 코트 로티 라 모도레 2006은 로버트 파커 96~98점, 와인 스펙테이터 95점으로 상당히 좋은 평가를 받았다. 샤토 보날그 2008은 와인 스펙테이터 90점이다. 준수한 점수지만 라 모도레에 비교하면 5점이나 낮다. 로버트 파커나 와인 스펙테이터 점수에서 5점 차이면 신분이 달라지는 수준이다. 점수 차이를 반영하듯 가격도 엠 샤푸티에 코트 로티 라 모도레가 네 배 이상 비싸다.

둘 다 마신 나는 어느 쪽 와인이 더 맘에 들었을까? 평론가 점수가 5점이나 낮은 샤토 보날그가 훨씬 인상에 남았다. 맛과 향이 너무 맘에 들어서 몇 병이나 더 구입해서 마실 정도였다. 엠 샤푸티에 코트 로티 라 모도레 2006은 그렇게 인상적이지 않아 기억도 잘 안 난다. 왜 그럴까?

100점 만점인 로버트 파커나 와인 스펙테이터 점수는 기본적으로 절대평가이다. 95점이면 다른 와인과 비교해 더 낮다는 의미가 아니라, 그냥 순수하게 95점짜리 와인이라는 의미다. 세상 모든 와인이 똑같이 맛있어지면 모두 똑같은 점수를 받을 수도 있다는 의미다. 기본적으로 블라인드 테이스팅을 하니 (구질구질한 뒷거래가 없다면) 꽤 공정한 평가가 이루어진다. 다만 여기서 염두에 둬야 할 지점이 있다.

와인은 품종에 따라 맛과 향의 성격이 천양지차이며, 설사 같은 품종이더라도 재배지가 프랑스 보르도냐 미국 캘리포니아냐에 따라 또 다르다. 그러하다 보니 예를 들어 프랑스 부르고뉴 지역의 피노 누아 와인과 미국 캘리포니아의 카베르네 소비뇽 와인을 같은 범주로 비교하기는 어렵다. 100점짜리 피노 누아와 100점짜리 카베르네 소비뇽은 수학 100점과 국어 100점만큼이나 다르기 때문이다.

로버트 파커 96~98점, 와인 스펙테이터 95점을 받은 엠 샤푸티에 코트 로티 라 모도레는 프랑스 론_{Rhon}의 코트 로티에서 재배된 시라 품종으로 만들었다. 와인 스펙테이터 90점의 샤토 보날그는 프랑스 보르도의 포므롤에서 재배된 메를로가 주된

품종이다. 애초에 코트 로티의 시라과 포므롤의 메를로는 같은 범주가 아니다. 엠 샤푸티에 코트 로티 라 모도레가 높은 점수를 받은 이유는 프랑스 론 지역 시라의 특성을 잘 살렸기 때문이다. 그런데 이 와인과 보르도 포므롤 와인의 점수를 비교하는 것은 물리 95점을 국사 90점과 비교하는 것이나 다름없다.

사람마다 선호하는 와인의 품종은 제각각이다. 누군가는 강렬한 맛과 향의 시라를 선호하지만, 다른 이는 섬세하고 우아한 피노 누아가 맘에 쏙 든다. 시라 품종의 드센 특성이 부담스러운 사람에게는 고득점 와인조차 인상적이지 않을 수 있다. 그래서 점수가 다소 낮더라도 선호하는 품종의 와인이 더 기억에 남는 경우도 적지 않다.

내 경우, 점수가 훨씬 낮은 샤토 보날그가 더욱 인상적인 이유는 바로 품종 때문이다. 그동안 이런저런 와인을 마시면서 시라는 내 스타일이 아니라는 것을 확실히 알게 되었다. 물론 몇몇 시라 와인들은 꽤 인상적이기도 했지만, 확실히 여타 품종과 비교해 만족감을 느끼는 확률은 현저히 떨어졌다. 그러니 점수만 보고 구입하기 전에 내 입맛에 맞는 품종이 무엇인지 먼저 알아내는 것이 소비자로서 현명하다. 역설적이게도 나는 현명하지 못해서 맨땅에 헤딩을 많이 한 덕택으로 이런 글을 쓸 수 있지만.

일반 애호가뿐만 아니라 평론가 역시 입맛이 제각각이다. 평론가의 취향이 격돌한 가장 유명한 예는 샤토 파비 2003 빈티지를 놓고 벌어진 로버트 파커와 잰시스 로빈슨의 논쟁이다. 로버트 파커는 해당 와인에 98점을 줬는데, 잰시스 로빈슨은 형편없는ridiculous 와인이라며 12점(20점 만점)이라는 낙제점을 줬다. 이 큰 점수 차이가 논쟁으로 이어져 서로 인신공격이 오갈 정도였다. 이래저래 뒷말도 많았지만 잰시스 로빈슨이 여전히 샤토 파비 2003년에 대한 자신의 평가를 확신한다니, 어쨌든 두 와인 평론가의 취향 차이로 보아야 할 것 같다.

와인마다 점수를 살펴보면 대체로 평론가 사이에 점수 차이가 그렇게 크지는 않은 편이다. 하지만 4점 이상씩 벌어지는 경우도 의외로 적지 않은데, 샤토 팔머Château Palmer 1983 빈티지의 경우 로버트 파커는 98점인데 반해 와인 스펙테이터는 90점을 줬다. 그러니 하나만 참고하기보다는 여러 평론가의 점수가 고루 높은지 확인할 필요가 있다. 평론가 사이에 점수 편차가 크다면 취향을 타는 와인일 가능성을 염두에 둬야 한다. 참고로 평론가들의 점수는 와인서쳐 앱을 사용하면 쉽게 확인할 수 있다.

평론가들이 와인 산업에 끼치는 영향은 실로 막대하다. 특히 로버트 파커의 영향력이 압도적이어서 그에게 100점을 받은 와인은 가격이 몇 배로 급등하고 순식간에 완판된다. 아무리 전통 있고 뛰어난 와이너리도 파커에게 낮은 점수를 받은 해에는 경제적 치명타를 입는다. 이렇다 보니 파커에게 고득점을 받기 위해 그의 입맛에 맞춰 와인을 만드는 현상까지 벌어지게 되었다. 와인 컨설턴트들(대표적으로 미셸 롤랑Michel Rolland)이 와이너리에 로버트 파커에게 고득점을 받을 수 있는 제조법을 권할 정도니 말 다했지 아니한가. 로버트 파커가 세계 와인의 맛을 자신의 입맛대로 획일화시키고 있다는 비판이 나올 정도다. 파커 입장에서는 억울할 수도 있겠다. 그저 입맛대로 소신껏 평가하고 그 평가가 소비자들의 지지를 얻어서 영향력이 커졌을 뿐인데, 무슨 악의 축인 양 비판받으니 말이다. 이게 다 대중의 취향과 싱크로율이 높은 자신의 코와 혀 탓(덕)인 걸 어쩌겠는가.

브람스를
좋아하세요?

가을에 어울리는 와인3

우리는 시각, 청각, 후각, 촉각, 미각 등의 감각기관으로 포착하는 정보를 통해 환경의 변화를 감지한다. 그렇다면 여름에서 가을로의 계절 변화는 어떤 의미가 있을까? 서러울 정도로 파란 하늘, 그 아래에서 울긋불긋 패션쇼를 벌이는 산등성이, 이른 아침 살갗을 스치는 영상 8도의 싸늘한 대기. 시각과 촉각을 담당하는 생체기관은 이러한 정보를 포착한 후 전기신호로 변환해 뇌로 전달한다. 뇌는 전달받은 정보를 토대로 연산을 거쳐, 차곡차곡 저장된 개념 중에서 '가을'이라는 특정한 단어를 끄집어낸다. 그렇구나! 완연한 가을이다.

음악을 좋아하는 나에게 유독 '가을'과 시냅스 연결이 강한 단어가 있으니 바로 '브람스'이다. 그의 음악이 지닌 '중후한 쓸쓸함'이 이 계절과 어울리기도 하지만, 이 글을 쓰고 있는 2020년 가을부터 브람스의 피아노 소품인 인터메조 Op.118 No.2를 연습하고 있기 때문이기도 하다. 유튜브 인기 채널 또모TOWMOO에서 안종도 피아니스트의 레슨 장면을 보고 감동받아 낑낑대며 연습하고 있는데, 아무리 좋은 곡이더라도 연주자에 따라서는 썩은 소리가 날 수 있음을 절감하고 있다. 어쨌든 연습하는 내내 가을의 먹먹함이 내 귓구멍으로 진하게 스며든다. 게다가 마침 〈브람스를 좋아하세요?〉라는 드라마가 화제기도 하고, 이 무슨 우연인지.

아무튼 시각, 촉각에 청각까지 가을이 완연하니 이제 후각과 미각만 가을로 채우면 되겠는데, 과연 가을과 어울리는 와인이 무엇일까 고민하다가 문득 아이디어가 떠올랐다. 브람스의 음악과 잘 어울리는 와인을 찾아보자! 그렇게 머릿속에서 브람스의 음악을 재생하며 떠오른 와인 세 병을 조심스럽게 공개한다.

미켈레 키아를로 치프레시 니차 2017

Michele Chiarlo Cipressi Nizza 2017

Feat. 브람스 인터메조 Op.118 No.2

이탈리아 피에몬테 지역에서 주로 재배되는 바르베라Barbera 포도품종으로 만든 와인이다. 미켈레 키아를로Michele Chiarlo는 와인 제조사, 치프레시Cipressi는 제품명, 니차Nizza 는 바르베라 포도가 재배된 마을이다. 이마트 영 등포점 와인 장터에서 2만 8,000원에 구입했다. 솔직히 큰 기대는 없었다. 이탈리아 저가 와인 특 유의 앙상한 신맛을 그다지 선호하지 않기도 하 고, 몇 년 전 마셨던 바르베라 품종 와인이 전혀 인 상에 남지 않아서다. 하지만 아내가 이탈리아 와

인을 좋아하기도 하고 수입사 직원이 가성비 좋은 와인이라고 추천해서 속는 셈 치고 구매했다.

안주(군만두와 부침개)를 준비한 후 브람스 인터메조 Op.118 No.2의 연주를 유튜브로 찾아 듣고 있었다. 명연주 반복 청취를 통해 내 연주를 조금이라도 개선하기 위해서였다. 라두 루푸, 아르투르 루빈스타인, 글렌 굴드, 김선욱, 백건우 등의 연주를 차례로 듣다가 마침 옆에 있던 이 와인을 별생각 없이 한잔 입에 머금었다. 흥미롭게도, 마시자마자 '별생각'이 들었다.

인터메조 Op.118 No.2은 브람스가 자신의 평생 짝사랑 대상인 클라라 슈만에게 헌정한 곡이다. 자의 반 타의 반 독신으로 살며 켜켜이 쌓인 클라라 슈만에 대한 애절함이 브람스 특유의 절제된 형식미로 표현된 곡이다. 그런데 방금 마신 이 와인에서 '애절한 신맛'이 나는 것 아닌가. 은근히 존재감을 드러내는 묵직하고 쌉쌀한 타닌, 화사하고 풍부한 체리 향, 수줍게 모습을 드러내는 희미한 단맛, 그 복합적 풍미의 중심에서 이탈리아 와인 특유의 신맛이 존재감을 드러낸다. 젊고 단아한 용모이지만 한편으로는 사연 있는 애틋한 삶을 살아온 여인이 내 옆에 앉아 함께 브람스의 인터메조를 감상하는 이미지가 떠올랐다. 음악의 정취와 와인의 풍미가 절묘하게 어우러지면 혓바닥에서 '애

절한 신맛'이 날 수 있음을 경험한 것이다. 나와 아내가 동시에
최고로 꼽은 피아니스트 백건우의 연주와 함께 이 와인을 경험
해보기를 적극 추천한다.

도멘 윌리엄 페브르 샤블리
프리미에 크뤼 보루아 2016

Domaine William Fèvre Chablis
Premier Cru Beauroy 2016

Feat. 브람스 바이올린 협주곡 Op.77 3악장

샤르도네 포도품종으로 만든 프랑스 부르고뉴 북부 지역의
화이트 와인이다. 도멘 윌리엄 페브르Domaine William Fèvre는 제
조사명, 샤블리Chablis는 포도가 재배된 마을명, 프리미에 크뤼
보루아Premier Cru Beauroy는 1등급 평가를 받는 보루아 밭의 포
도로 만들었다는 의미다. 이마트 트레이더스 부천점에서 5만
5,400원에 구입했다.

싸늘해지는 가을이면 뜨끈한 국물에 짭조름하게 살집이 씹히
는 조개찜이 떠오르기 마련이다. 이 음식과 메가쇼킹한 궁합을
보여주는 와인이 바로 샤블리다. 이 와인 특유의 짭조름한 바다
내음이 해산물과 조화를 이루는 동시에 상큼한 신맛이 돌고래

처럼 치솟아 오르면, 아득한 수평선을 바라보며 물살을 가르는 서퍼처럼 그렇게 상쾌할 수가 없다.

이 샤블리와 어울리는 브람스의 곡은 바이올린 협주곡 3악장 이다. 악장의 초입부터 등장하는 바이올린의 쿨시크한 더블 스 토핑은 샤블리의 하나도 달지 않은 상큼한 신맛을 연상시킨다. 특히 '얼음 공주' 힐러리 한이 독주 바이올린을 맡아 망설임 없 이 내달리는 연주는 해산물 내음 가득한 입안을 서퍼처럼 가로 지르는 샤블리의 청량감 그 자체다.

샤토 지스쿠르 2013
Château Giscours 2013

Feat. 브람스 교향곡 3번 Op.90 3악장

프랑스 보르도 마고 지역의 와인이다. 마고 지역에서 꽤 존재 감 있는 와인인데 카베르네 소비뇽 품종을 기본으로 메를로 및 여타 품종을 혼합했다. 2013년은 보르도 역사상 손에 꼽을 정도 로 작황이 안 좋은 해이다. 그런 탓에 여타 빈티지보다 가격이 저렴하다. 그래도 원체 평가가 좋은 와인이라 할인가 7만 원 정 도는 들여야 2013 빈티지를 구입할 수 있다.

이 와인을 접했을 때 그 쓸쓸하면서도 고혹적인 향기가 대단히 매력적이어서 한동안 입으로 가져가지 않고 향기만 맡았던 기억이 난다. 정신을 가다듬고 입으로 털어 넣었는데 소위 극악의 '망빈(망한 빈티지)'이라는 2013이라 바디감이 다소 가벼웠지만, 오히려 그러한 가벼움이 쓸쓸하고 고혹적인 풍미를 한층 고조시켰다. 게다가 아무리 망빈이더라도 보르도의 고급 와인은 기본적으로 중후한 무게감을 갖고 있다. 이런 양가적 면모가 나에게는 '중후한 쓸쓸함'이라는 독특한 정취로 다가왔다.

이 풍미와 정확히 들어맞는 곡이 있으니 바로 브람스 교향곡 3번의 3악장이다. 도입부에서 가을바람에 낙엽이 휘날리듯 등장하는 첼로의 단조선율이 매우 인상적인 이 곡은 브람스의 수많은 곡 중에서도 가을과 가장 어울리지 않나 싶을 정도로 우수에 젖어 있다.

적지 않은 와인 애호가들이 보르도의 2013 빈티지를 꺼린다. 허약체질이기 때문이다. 하지만 적어도 나에게 있어 샤토 지스쿠르 2013은 그 허약함 때문에 가을의 쓸쓸함과 더욱 잘 어울린다. 뛰어난 평가를 받는 2000, 2009, 2010 빈티지였다면 펄펄 끓어오르는 생명력으로 인해 멜랑콜리한 브람스 교향곡 3번

3악장과 제대로 어울릴 수 없었을 것이다.

　와인은 참으로 흥미로운 술이다. 언제 어떤 분위기에서 누구
와 마시느냐에 따라 같은 와인이더라도 감흥이 다르기 때문이
다. 마침 낑낑대며 가을+브람스+와인 글을 쓰는 내 모습을 아
내가 옆에서 지켜본다. 그 눈초리에서 '와인 하나 갖고 염병한
다'는 무언의 메시지를 읽어냈다. 안 되겠다. 조만간 셀러에 고
이 모셔둔 근사한 와인 하나를 꺼내서 아내도 내 호들갑에 동참
하도록 만들어야겠다.

화이트 와인을
마시는 즐거움

파트리아슈 페르 에 피스 샤블리 2018

Patriarche Père & Fils Chablis 2018

처음 와인에 빠지고 한동안 레드 와인 위주로만 마셨다. 하지만 와인을 음식과 곁들일 때의 즐거움을 깨닫고는 화이트 와인을 마시는 비중이 갈수록 높아졌다. 화이트 와인은 레드 와인보다 다양한 음식과 두루두루 잘 어울린다. 심지어 독일의 대표적 화이트 와인인 리슬링의 경우 간이 센 한식과의 궁합도 괜찮아서 마늘을 품은 상추쌈을 우걱우걱 씹어먹은 후 마셔도 상당히 만족스러웠다. 그렇게 화이트 와인에 손이 자주 가다 보니 와인 셀러에는 레드 와인만 덩그러니 남아 있다. 누가 보면 레드 와인만 좋아해서 그것만 쟁여둔 것으로 착각하겠다 싶다.

집 근처 롯데마트 금천점에서 장을 보던 때의 일이다. 롯데마트 금천점은 와인 할인행사도 잘 없고 구비된 와인의 종류도 적지만, 마침 화이트 와인이 떨어져서 한 병 구입하려고 둘러보던 중이었다. 그때 눈에 들어온 와인이 이놈이다.

파트리아슈 페르 에 피스 샤블리 2018
Patriarche Père & Fils Chablis 2018

샤르도네 포도품종으로 만든 프랑스 부르고뉴 북부 지역의 화이트 와인이다. 파트리아슈 페르 에 피스Patriarche Père & Fils는 제조사명, 샤블리는 포도가 재배된 마을 이름이다. 사과로 치자면 '청송'이라고 재배지를 크게 내세운 셈이겠다. 샤블리 마을의 샤르도네 와인이 꽤 유명하기 때문이다.

가장 중요한 정보인 가격을 확인하니 3만 9,900원이다. 할인 가격이라고 하는데 과연 진짜 싼 건지, 할인을 가장한 눈탱이 밤탱이 가격인지 어떻게 판단할 수 있을까? 이럴 때는 앞서 다뤘듯이 와인 애호가들의 구세주인 와인서쳐 앱을 이용한다.

앱에서 이 와인을 검색하니 다음 쪽 갈무리한 이미지에 나오 듯 해외 평균 거래가(세금 제외)가 4만 8,300원(2020년 10월 6일 기준)이다. 그런데 롯데마트에서는 세금 포함 3만 9,900원이니 저렴하다고 덜컥 구입하면 될까? 아직은 판단이 이르다.

와인서쳐의 평균가격 계산에 산입되는 판매처가 하필 한국이나 중국 등 와인 값이 비싼 매장 위주이면 앱에서 보여주는 평균 거래가격 자체가 높게 형성되는 경우도 있기 때문이다. 그렇기 때문에 앱에 나오는 판매처의 가격 정보를 찬찬히 살펴볼 필요가 있다.

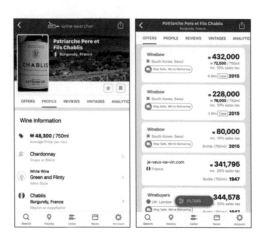

갈무리 화면을 통해 확인할 수 있듯이, 이 와인의 경우 한국 매장의 병당 8만 원 하는 높은 가격이 통계에 포함되었으며 심지어 34만 원이 넘는 1947 빈티지까지 등장해 평균가격을 한껏 끌어올리고 있다. 그렇기 때문에 4만 8,300원이라는 해외 평균 거래가(세금 제외)를 그대로 신뢰하기는 어렵다.

나는 이런 경우 와인서쳐 앱에 나오는 매장을 나라별로 살펴본다. 아무래도 프랑스 와인이니 유럽 매장가격이 대체로 저렴한데, 그렇다고 롯데마트 판매가격을 원산지인 유럽의 와인 가격과 그대로 비교하기에는 무리가 있다. 그래서 나는 미국 매장의 판매가를 참고한다. 한국과 마찬가지로 미국에서도 프랑스 와인은 물 건너온 수입품이니 가격 비교에 하나의 기준으로 삼을 수 있다.

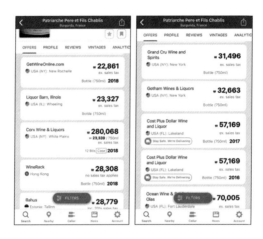

위 이미지에서 보이듯 미국의 매장에서는 세금 미포함 2만 3,000원 정도에 파는 곳도 있고, 3만 2,000원에 파는 곳, 어떤 곳은 5만 원이 넘는 곳도 있다. 이 가격에 한국의 세금을 합산해서 롯데마트 금천점의 할인 판매가와 비교하는 것이다. 한-EU FTA로 인해 프랑스 와인의 관세는 면제이니, 주세, 교육세, 부가세를 합산하면 한국에서는 대략 46% 정도가 세금으로 붙는다. 계산하기 편하게 50% 정도의 세금이 붙는다고 하자. 그러면 미국 와인 매장의 세금 미포함 가격에 1.5배를 곱해 기준으로 삼을 수 있다.

예컨대 갈무리 화면에서 보면 한 미국 매장에서 세금 미포함 3만 2,000원 정도에 판매하니 거기에 1.5를 곱하면 4만 8,000원이 나온다. 그에 비하면 롯데마트의 3만 9,900원은 꽤 저렴하다. 하지만 세금 미포함 2만 3,000원에 판매하는 곳도 있으니 여기에 1.5를 곱하면 3만 4,500원이고, 3만 9,900원인 롯데마트가 다소 비싸다. 어쨌든 그동안의 경험으로 판단했을 때 미국 매장과 비교해 이 정도 수준이면 어느 정도 합리적인 가격이라는 생각이 들어 구매했다.

이제 와인이 맛있기만 하면 되는데, 역시 샤블리라면 해산물과 곁들이는 게 좋겠다 싶어 조개찜을 배달시켰다. 샤블리 지역의 와인은 미네랄 풍미가 특징이자 장점으로 꼽힌다. 예전에 와인의 미네랄 느낌이라는 게 도대체 뭘 의미하는지 몰라서 와인을 잘 아는 지인에게 문의했다. 마실 때 짭조름함을 느낄 수 있는데 그게 미네랄 풍미라는 답을 들었다. 그 조언을 토대로 이런저런 와인을 접하면서, 나는 와인의 미네랄을 '돌을 핥는 듯한 짭조름함'으로 이해했다. 샤블리 마을의 와인에서는 거기에 더해 은은한 바다 내음이 느껴지는데, 알고 보니 샤블리 지역이 아주 오래전에 바다였다는 것 아닌가.

샤블리를 배달 조개찜에 곁들여 마시니, 역시 와인은 궁합이 잘 맞는 음식과 곁들였을 때 최고의 역량을 드러낸다는 사실을 재차 확인하게 된다. 음식에 와인이라는 소스를 입혀 간을 완성하는 느낌이랄까. 특히 프랑스 와인의 경우 단독으로 마시면 좀 심심하지만, 음식과 곁들였을 때 잠재력이 폭발하는 경우가 종종 있다. 이렇게 와인 자체가 음식과 만나 훌륭한 소스 역할을 하니, 나는 웬만하면 간이 세지 않고 원재료의 맛을 그대로 살리는 음식을 안주로 준비한다. 조개찜처럼 말이다.

와인이 썩 맘에 들어 며칠 뒤에 또 구매해서 마셨다. 마침 추석 연휴를 앞둔 때라 안주에도 좀 더 힘을 주었다. 거의 8만 원에 육박하는 특대형 랍스터를 구입한 것이다. 특대형이라고 해서 살집이 아주 많은 건 아니더라. 하지만 씹히는 질감의 차원이 달랐다. 전에 사 먹던 1~2만 원대의 저렴이와 비교해 네 배이상 쫀득쫀득 탱글탱글 하다고나 할까. 그렇다 보니 초등학생 두 딸의 랍스터 흡입 속도는 진공청소기가 먼지 빨아들이는 수준이었다. 물론 랍스터와 샤블리의 궁합은 두말하면 잔소리고.

글을 쓰다 보니 샤블리 특유의 바다 내음을 품은 상큼한 신맛이 자꾸 연상되면서 입에 침이 고인다. 천덕꾸러기 레드 와인만

가득 찬 셀러에 조만간 샤블리를 포함해 이런저런 화이트 와인

을 좀 채워 넣어야겠다.

처음으로
라벨에 홀렸다

카테나 사파타 말벡 아르헨티노 2017

Catena Zapata Malbec Argentino 2017

여느 때처럼 네이버 와인 커뮤니티 〈★와쌉★ 와인 싸게 사는 사람들〉 게시판에서 어슬렁거리고 있었다. 한 회원이 서울 광진구 자양동 새마을구판장에서 구입한 와인 사진을 올렸는데, 그 와인의 라벨이 내 눈에 제대로 박혔다.

카테나 사파타 말벡 아르헨티노 2017
Catena Zapata Malbec Argentino 2017

뭐든 본질로 파고들기 좋아하는 나에게 와인의 본질은 맛과 향이다. 이런 생각이 확고하다 보니 그동안 병 모양이나 라벨 디자인에 낚여 와인을 구입한 적은 없었다. 그런데 와인 생활 이후 최초로 라벨 디자인에 홀렸다. 옆에 있던 아내도 라벨을 보더니 완전히 자기 스타일이라며 호감을 표한다. 참고로 아내는 미술 관련 책을 여러 권 쓸 정도로 미술에 조예가 깊다.

자양동 새마을구판장은 상당히 바람직한 가격과 훌륭한 와인 리스트로 와인 애호가의 성지로 급부상한 곳이다. 와쌉 게시판에도 거의 매일 구판장 방문 후기가 올라온다. 안 그래도 성지 순례에 동참하겠다고 맘먹고 있던 차였는데, 아내도 와인 라벨에 관심을 보이니 좋은 명분이 생겼다.

2020년 10월 11일 일요일에 가족 외식을 구실로 겸사겸사 새마을구판장에 들러 라벨 끝내주는 이 와인을 구입했다. 새마을구판장은 역시 그 명성답게 기본 가격이 저렴한 데다가 온누리상품권을 구입해 제로페이로 결제하면 사실상 10% 할인 효과까지 얻을 수 있다. 사고 싶은 와인이 즐비했지만 호주머니 사정 및 아내의 등짝 스매싱이 예상되어 태산 같은 인내심으로 딱 하나만 구입해 집에 왔다.

실제 와인을 마신 10월 23일까지 수차례 와인셀러에서 꺼내어 감상할 정도로 인상적인 라벨이다. 이 정도로 공들여 제작한 라벨이라면 분명 무슨 의미가 있겠다 싶어서 인터넷으로 검색을 해 보니 관련 정보를 어렵지 않게 찾을 수 있었다.

카테나 사파타는 이탈리아 이민자인 니콜라 카테나Nicola Catena가 1902년에 설립한 아르헨티나의 와인 제조사이며, 아르헨티나 말벡(포도품종) 와인의 우수성을 세계적으로 알린 곳이기도 하다. 이 와인 라벨에 등장하는 네 명의 여성은 아르헨티나 말벡의 역사를 상징한다.

맨 왼쪽에 등장하는 알리에노르 다키텐Eleanor of Aquitaine은 아키텐 공작령의 공작이자 프랑스와 잉글랜드 양국의 왕비였으며 12세기 중세 유럽에서 가장 영향력 있는 인물 중 하나다. 아키텐의 카오르Cahors 지역은 말벡으로 유명하며, 기록에 따르면 알리에노르는 헨리 2세와 결혼하여 영국 여왕이 될 때 말벡을 영국으로 들여왔다고 한다. 아마도 말벡 원산지와 연관된 유력 인물이라 첫 번째로 등장한 듯싶다.

그다음 이민자The Immigrant는 유럽과 아메리카를 연결한 탐험가와 모험가를 상징한다. 오른손에는 지도, 왼손에는 아메리카에 심을 종자를 들고 있다. 몸에는 화살이 여러 개 박혀 있는데, 이민자들이 오랫동인 겪은 고통을 의미한다. 눈치챈 사람도 있겠지만, 기독교 신앙을 지키기 위해 화살을 맞으며 순교한 성 세바스티아누스의 이미지를 차용했다.

세 번째 등장인물은 뼈만 앙상한 데다가 인상 참 고약한데, 유럽 포도나무 대부분을 죽음으로 몰아넣은 진딧물의 일종인 필록세라Phylloxera를 상징한다. 필록세라의 원산지는 북미대륙인데 19세기에 포도나무 품종 개량을 위해 북미 자생종 포도나무를 유럽으로 들이는 과정에서 유입됐다고 한다. 수천 년 동안 필록세라와 공생하며 면역력을 가진 북미 자생종 포도나무와 달리 유럽 포도나무는 내성이 없었던 탓에, 말 그대로 포도밭이 초토화되었다. 역설적이게도 이때부터 유럽의 와인 업자들은 남아프리카, 오스트레일리아, 아르헨티나, 칠레 등으로 이동해 해당 지역의 와인 산업을 발전시키게 되었다.

맨 오른쪽의 마지막 인물은 와인 제조사 카테나 사파타를 상징한다. 창업주 니콜라 카테나의 증손녀 아드리아나 카테나Adrianna Catena를 모델로 했다. 이 인물의 발치에는 선주민 마야 문명의 피라미드를 본뜬 카테나 사파타 와이너리의 건물이 그려져 있다.

라벨에 아르헨티나 말벡의 역사를 담을 만큼, 이 와인은 카테나 사파타 사가 자신 있게 내세우는 와인이다. 2017 빈티지는 로버트 파커에게 95점을 받을 정도로 품질을 인정받았다. 말벡을 그다지 선호하지 않는 내가 순전히 라벨에 낚여 구입했지만, 코르크를 열고 병 주둥이에 코를 대니 피어오르는 가죽+바닐라의 강렬한 느낌이 무척 인상적이었다.

전혀 다른 품종인 고급 피노 누아 와인에서도 비슷한 풍미를 느낄 때가 있으니, 가죽+바닐라 향은 포도 그 자체보다는 아마도 양조 과정에서 사용하는 프랑스 오크통에서 기인할 것이다. 선호하지 않는 품종임에도 어쨌든 첫 느낌은 상당히 괜찮았다.

이 와인은 브리딩을 굉장히 오래, 심지어 반나절 하라는 조언을 게시판에서 본 적이 있어서 간만에 디캔터를 사용했다. 마침 집 근처 신장개업 정육점이 마트보다 가격이 좋아서 한우 채끝으로 520g 구입했다. 바람직한 붉은빛 고기를 불판 위에서 마구 못살게 굴다가, 잠시 고개를 돌려 디캔터에 담긴 와인을 흐뭇하게 바라보니 곧 모든 준비가 끝났다.

이제 대한민국과 아르헨티나의 콜라보를 탐닉할 시간이다.

먹기 좋게 잘린 채끝 한 조각을 집어 들어 씹기 시작했다. 인절미처럼 고소한 특유의 육향이 입안 가득 퍼지니 운동선수의 루틴처럼 자연스럽게 와인 잔으로 손이 간다. 저가 말벡의 앙상함과는 비교 불가한 꽉 채운 풍미, 거칠지 않고 매끄러운 타닌, 시간이 지날수록 부드럽고 우아해지는 질감이 이 와인의 수준을 잘 보여준다. 말벡과 한우 채끝의 궁합이야 꼭 따로 언급할 필요 없을 테고.

상당히 만족스러운 느낌으로 병의 3분의 1쯤 비우고 절반을 향해 가는 중, 함께 마시던 나와 아내의 몸에서 이상한 신호가 오기 시작했다. 속이 메슥거리고 역한 기운이 올라오는 것 아닌가. 본전 생각에 꾸역꾸역 안주와 와인을 욱여넣었지만 이내 뱃속에서 난리가 나기 시작했다. 더 이상 안주와 와인의 맛을 차분하게 음미할 상황이 아니었다. 우리 부부는 그때부터 일주일가량 설사와 싸우게 되었다. 와인 라벨의 그 인상 더러운 뼈다귀 필록세라가 유럽 포도밭을 쑥대밭으로 만들었듯이, 그날 먹은 소고기가 우리 가족의 뱃속을 쑥대밭으로 만든 것이다.

좋은 와인 마시면 뭐하나, 안주가 다 망쳐 버렸는데. 아이들은 그나마 증상이 심하지 않아 다행이었지만 나와 아내는 콩 먹으면 콩 나오고 팥 먹으면 팥 나오는 지경이었으니, 체중이 2kg 가량 빠질 정도로 고생을 했다. 그 뒤로 다시는 그 정육점에 가지 않는다. 라벨이 워낙 멋있어서 병은 보관 중이지만 배탈의 기억이 되살아날까 싶어 일단 밀폐된 수납장 안으로 밀어 넣었다. 오해하지 마시라. 말벡을 좋아하는 이에게는 매우 훌륭한 선택이 될 와인이다. 다만 나에겐 와인의 추억보다 배탈의 추억이 더 강렬할 뿐.

추적추적
빗방울이 떨어질 때면,

비 오는 날 추천 가성비 와인3

때는 2020년 8월. 코로나 사태만으로도 징그러운데 비까지 연일 쏟아지니 평상심을 유지하기 어려웠다. 습관처럼 컴퓨터 책상에 앉아 멍한 표정으로 유튜브 영상을 뒤적거렸다. 무슨 알고리즘에 의해서인지 모르겠지만, 마이 리틀 텔레비전의 안정환 출연 회차 영상이 뜨길래 한참을 낄낄대며 보았다. 축구도 잘하고, 얼굴도 잘생기고, 입담도 최고고, 돈도 잘 벌고, 아무튼 다 가졌구나. 그러다가 뜬금없이 요한 세바스챤 바흐의 B단조 미사 중 마지막 곡 Dona nobis pacem(평화를 주소서)이 듣고 싶어진다. 내 두뇌지만 알고리즘 참 희한하네. 인과관계의 부스러기조차 찾기 어려운 사고의 비약 아닌가. 모든 게 뒤죽박죽 엉망진창이다.

이렇게 비가 줄기차게 내리는 날엔 대체로 파전에 막걸리가 떠오르기 마련이다. 파전이란 무엇인가? 표면은 아삭아삭 부서질 정도로 프라이팬 위에서 제대로 부쳤고, 내부는 향긋하고 두툼한 파줄기를 골조 삼아 부드럽고 쫀득한 밀가루 반죽이 살집을 형성한 물질이다. 거기에 시큼하면서도 시원달큰한 막걸리를 곁들이면, 강우로 인한 양이온 증가의 영향으로 널뛰던 뇌파가 진정된다. 그러나, 듣기 좋은 꽃노래도 한두 번이지, 비 올 때마다 매번 이런 스테로이드 처방이 내려진다면 뇌도 적응하기 마련이다.

　문화의 발전이란 구태의연한 관습과 결별하는 과정이다. 비 온다고 언제까지 막걸리에 파전으로 만족할 텐가. 우리 식문화의 발전을 위해 직접 임상 체험한 와인 처방전 세 가지를 준비했다.

미켈레 키아를로 가비 레 마르네
Michele Chiarlo Gavi Le Marne

　해산물과 잘 어울리는 상큼한 이탈리아 화이트 와인이다. 미켈레 키아를로는 와인 제조사, 가비 Gavi는 와인에 사용된 포도품종 코르테세Cortese 가 재배된 마을, 레 마르네Le Marne는 제품명이다. 마트에서 2만 원대 중반에 구입 가능한데 해외 거래가와 차이가 없어 매우 은혜로운 가격이다.

　이 와인을 '감바스 알 아히요'에 곁들이면 막걸리와 파전 생각이 순식간에 삭제된다. 비 올 때는 매콤한 맛의 음식이 당기는 경우가 많은데, 알다시피 감바스 알 아히요는 새우·마늘·고추 등을 올리브유에 튀기듯 구워낸 요리다. 새우 특유의 짭조름하고 탱글탱글한 질감에 마늘과 고추의 매콤한 풍미를 한껏 품은 진득한 올리브유가 코팅되니, 굳이 맛있다고 공들여 설명할 필요가 있을까. 올리브유에 목욕 중인 새우 한 점을 집어서 입에 넣고 씹어보면, 언어란 것이 맛 하나를 표현하는 데에도 얼마나 부족한 도구인지 절감한다. 정말 맛있는데, 어떻게 표현할 말이 없네.

수차례의 저작 운동 후 식도로 넘겼지만 구강에는 여전히 올리브유에 버무려진 마늘, 고추, 새우 잔류물이 존재한다. 이걸 깔끔하게 처리하기 위해 시원하게 칠링된 미켈레 키아를로 가비 레 마르네를 한 모금 들이켠다. 마늘과 고추로 달아오르고 올리브유로 느끼한 입안을 상큼한 과일향의 노란빛 액체가 시원하게 씻어낸다. 수영복 차림으로 워터파크 미끄럼틀을 한달음에 내려오는 후련함을 미각으로 체험할 수 있다. 그나저나 감바스 알 아히요, 귀찮아서 어떻게 만드냐고? 배달 앱이 있지 않은가. 나도 인근 이탈리아 음식점에서 배달로 받았다.

디디에 쇼팽 브뤼 Didier Chopin Brut

비 오는 날 국물 음식은 올바르다. 소고기, 배추, 깻잎 등을 켜켜이 쌓아 버섯과 함께 가다랑어 국물에 푹 끓인 밀푀유나베는 더욱 올바르다. 이런 국물 음식에는 소주를 곁들이는 게 일반적이겠지만, 기포가 송송송 올라오는 꼬릿한 효모 풍미의 샴페인이라면 밀푀유나베와도 근사한 매칭이 가능하다. 와인은 국물 음식과 잘 어울리지 않는다는 의견도 있던데, 내가 직접 임상 체험을 했으니 믿어달라. 국물과 와인을 한데 섞어서 마시는 것도 아니고, 맛만 좋더구먼.

샴페인은 대체로 비싸서 선뜻 손이 안 가는데, 당시 이마트 영등포점에서 3만 4,800원에 구입한 디디에 쇼팽 브뤼는 품질과 가성비 모두 매우 뛰어났다(할인 장터 때는 3만 원이 되더라). 디디에 쇼팽Didier Chopin은 와인 제조사, 브뤼는 달지 않은 스파클링 와인을 뜻한다. 3만 원대 언저리 샴페인 중에 간혹 기포가 부실하고 맛도 거친 놈도 있는데, 디디에 쇼팽 브뤼는 기포 방울이 잘고 꾸준히 올라오며, 풍미도 가격 대비 나름 부드럽고 세련되어 상당히 만족스러웠다.

밀푀유나베 역시 집에서 직접 만들 필요가 없다. 은박지 냄비에 내용물을 담아 끓이기만 하면 되는 형태로 마트나 백화점에서 판매한다. 포장을 뜯어내어 충분히 끓인 후, 가다랑어 국물에 푹 익은 소고기, 배추, 깻잎의 퇴적층을 집어 들어 한 입 베어 문다. 심심하고 담백한 가다랑어 국물, 향긋한 깻잎 내음, 적당히 부드러워진 배추, 소고기의 육질감이 오케스트라의 총주처럼 입안에서 동시다발적으로 울려 퍼진다. 그 뒤에 적절한 타이밍으로 독주 악기처럼 디디에 쇼핑 브뤼가 등장하면, 오케스트라와 독주악기로 구성된 협주곡이 음식의 세계에도 존재한다는 사실을 새삼 깨닫는다.

하인드사이트 카베르네 소비뇽 나파 밸리
Hindsight Cabernet Sauvignon Napa Valley

기분이 차분하거나 살짝 가라앉을 때면 생각나는 영화가 있다. 페데리코 펠리니 감독의 1954년작 〈길 La Strada〉이다. 워낙 명작이라 구구절절 내용을 이야기할 필요는 없을 것이다. 그런 목적의 글도 아니고, 어차피 술 얘기 아닌가. 이런 류의 여운 깊은 흑백영화에는 꼭 겹쳐서 떠오르는 와인이 있다. 바로 미국 캘리포니아 나파 밸리의 와인이다.

추적추적 빗방울이 떨어지는 밤. IPTV에서 990원에 7일 대여로 〈길〉을 감상한다면 옆에 이 와인을 놓고 조각 치즈와 함께 마시고 싶다. 바로 하인드사이트 카베르네 소비뇽 나파 밸리다. 하인드사이트 Hindsight는 와인 제조사, 카베르네 소비뇽은 포도

품종, 나파 밸리는 와인 산지다. 나파 밸리 와인 특유의 연유 품은 에스프레소 향기가, 비애감 젖은 아득한 정취의 흑백영화 모노톤과 기가 막히게 어울린다. 그렇다면 다른 나파 밸리 와인도 많은데 왜 하필 이 와인이냐고?

뭐 딴 것 있겠나. 가성비다. 최고의 와인 산지로 꼽히는 나파 밸리의 와인은 비싸다. 괜찮다 싶으면 10만 원은 우습게 넘어간다. 그런데 이 와인은 3만 원대 중반의 가격에 마트에서 구입했다. 그렇다고 맛이 처지는 것도 아니다. 나름 나파 밸리 와인에 빠졌던 시절에 저가, 중가, 고가로 다양하게 마셔 본 편인데, 저렴한 나파 밸리 와인 중에서는 하인드사이트가 가장 인상적이었다. 한국 판매가가 미국과 비슷하니, 가격 또한 바람직하다. 그런데 의외로 와인 애호가들도 이 와인을 잘 모르더라.

안타깝게도 최근에는 수입이 안 되어 마트에서 발견하기 어렵다. 간혹 재고를 파는 곳이 있는데, 보이면 무조건 구입하시라. 이만한 가성비의 나파 밸리 와인은 드물다. 꼭 다시 수입해서 판매했으면 하는 와인이다.

●

우리의 돈은
너무나 소중하니까,
가성비!

빌라 지라르디 피노 그리지오 델레 베네지에 2017

Villa Girardi Pinot Grigio Delle Venezie 2017

❯

2019년 12월에 결혼 10주년을 기념해 보라카이로 가족 여행을 갔다. 보라카이의 해변과 자연풍경이야 좋았다고 굳이 말할 필요도 없지만, 그때만 해도 이듬해 코로나가 창궐할 줄은 전혀 예상 못 했다. 이 당혹스러울 정도로 어둡고 긴 터널을 지나다 보니 여행이 마치 10년 전 일처럼 느껴진다. 집에만 있다 보니 좀 답답해서 보라카이에서 찍은 사진을 하나하나 살펴보다가 숙박했던 리조트의 야외 식당에서 만세 자세로 찍은 사진이 눈에 꽂혔다. 워낙 유명한 포토존이라 일찌감치 방문해 저렴한 와인 한 병을 시켜놓고 눌러앉아 식사 시간까지 뻗치기를 했는데, 그때 마셨던 와인이 바로 이거다.

빌라 지라르디 피노 그리지오 델레 베네지에 2017

Villa Girardi Pinot Grigio Delle Venezie 2017

이탈리아 화이트 와인인데 빌라 지라르디Villa Girardi는 와인 제조사, 피노 그리지오Pinot Grigio는 포도품종, 델레 베네지에Delle Venezie는 와인 생산지 및 등급을 표시하는 문구다. 더 이상의 자세한 설명은 복잡하니(모르니) 생략한다.

솔직히 자리 선점을 위해 메뉴판에서 대충 저렴한 와인으로 주문한지라 기대 없이 마셨는데, "오! 이거 의외로 괜찮은데?"라는 말이 자연스럽게 흘러나왔다. 신선한 복숭아 향기에 싱그러운 산도의 조화가 마치 보라카이의 부드럽고 상쾌한 바닷바람 같아 매우 인상적이었다. 식사 주문 시간이 되어 해산물을 푸짐하게 시켰는데 음식과도 너무나 잘 어울리는 것 아닌가.

맘에 쏙 들어 인터넷에서 검색해 보니 이 와인은 국내에 수입되지 않는 것 같았다. 해외 판매가격(세금 제외)이 궁금해 와인서쳐로 찾아보니 대략 1만 원이 살짝 넘는 수준이다. 이 와인 외에 피노 그리지오 품종으로 만든 여타 와인의 가격대도 대략 그 정도 수준에서 형성되어 있었다. 이 맛에 이런 가격이라니! 맛에 놀라고 저렴한 가격에 또 한 번 놀랐다. 국내 할인 장터에서도 1만 원대 중후반이면 피노 그리지오 와인을 구입할 수 있다.

다른 애호가에 비하면 경험의 폭이 부끄러울 정도로 협소하지만, 어쨌든 내 경험의 테두리 안에서 판단했을 때 지금까지 마셔본 와인 중에서 가격 대비 성능이 가장 뛰어난 품종이 피노 그리지오다. 그야말로 가성비 최강!

피노 그리지오는 재배지역에 따라 불리는 이름도, 풍미도 다르다. 이탈리아에서는 피노 그리지오라고 부르지만, 프랑스는 피노 그리Pinot gris, 독일은 그라우부르군더Grauburgunder다. 회색을 의미하는 단어인 그리gris에서 알 수 있듯 피노 그리지오는 다른 포도와 비교했을 때 엷은 회색빛이 감도는데, 프랑스의 피노 그리는 풀바디에 향신료 및 과실 향, 낮은 산도, 높은 알코올 도수, 유질감이 특징이다. 반면 이탈리아의 피노 그리지오는 포도를 일찍 수확해 신선한 산도, 적당한 과실 풍미, 낮은 알코올 도수, 가벼운 바디감을 지향한다. 개인적으로는 청바지와 면티처럼 편한 이탈리아 피노 그리지오가 맘에 든다.

해외에서는 갈수록 인기가 솟구치는 품종인데 한국에서는 여타 와인에 비해 수입량도 적고 아직 찾는 사람도 많지 않다. 와인 소비문화의 차이 때문이다. 피노 그리지오는 단독으로 마실 때는 다소 밍밍한 느낌이며 음식과 곁들였을 때 진가를 발휘한다. 외국에서는 평소 식사에 와인을 곁들이는 분위기이다 보니 가볍고 신선하며 음식과 궁합이 좋고 가격도 저렴한 피노 그리지오의 인기가 갈수록 치솟는다. 하지만 한국은 풍미가 강렬한 레드 와인을 구입해 와인 주연에 안주 조연으로 즐기다 보니 피노 그리지오 같은 명품 조연 와인이 진가를 발휘하기 어렵다.

나도 갓 와인에 빠져든 시절에는 강렬한 풍미의 레드 와인 한 병을 신줏단지처럼 모셔놓고 정성스레 한우 채끝 구이를 준비한 후, 예술영화를 초집중해서 감상하듯 코와 혀에서 느껴지는 감각 하나하나에 신경을 쏟으며 마셨다. 그런데 지금은? "느그들이 한국에 왔으믄 한국식으로 살아야제?" 하면서 상추쌈을 우걱우걱 씹어 먹다가 물 건너온 화이트 와인을 홀짝 들이켠다. 너희들도 진짜배기 한국인의 구강 속을 여행하고 싶지 않겠어?

때마침 겨울로 접어드니 해산물 킬러인 아내가 석화와 거북손(갑각류)이 연신 생각난단다. 일전에 거북손을 기똥차게 맛있게 먹었던 한식주점 '락희옥'이 떠올랐다. 망설일 것 있는가? 2020년 11월 14일 집에 있는 피노 그리지오 와인 한 병을 들고 락희옥 마포 본점으로 가족이 총출동했다. 콜키지 프리corkage free 식당이라 주류 반입이 가능하고 와인 잔도 무료로 제공된다. 와인 온도 유지를 위한 얼음 바구니만 2,000원 비용이 붙는데, 그 정도야 허접한 내 재정 상태로도 충분히 커버 가능하다.

불필요한 정보 제공일 가능성이 97%이지만 노파심에서 언급하자면, 콜키지는 코르크 차지Cork Charge의 줄임말이다. 식당에서 술을 가져온 손님에게 부가하는 추가 비용을 콜키지라고 부른다. 콜키지 프리Free 식당은 그 비용을 부가하지 않는 식당이라는 의미다. 아무튼, 당시 락희옥에 가져간 와인은 이놈이다.

카발리에레 도로 캄파닐레
피노 그리지오 델레 베네지에 2019
Cavaliere d'Oro Campanile Pinot Grigio delle Venezie 2019

카발리에레 도로Cavaliere d'Oro는 와인 제조사, 캄파닐레 Campanile는 제품명, 피노 그리지오는 포도품종, 델레 베네지에는 와인 생산지역 및 등급을 표시하는 문구다. 이 와인 역시 와인서쳐로 검색한 해외 평균 거래가(세금 제외)가 대략 1만 원 정도다. 다만 나는 마트에서 2만 원대 중반으로 다소 높은 가격에 구입했다. 할인 장터 시기가 아니었기 때문인데, 여러분은 기왕이면 할인 장터를 기다렸다가 적당한 피노 그리지오 와인을 1만 원대에 구입하기를 권한다. 우리의 돈은 너무나 소중하니까.

코로나 때문에 간만의 외식인지라 계산서 후폭풍 고려하지 않고 맘껏 주문했다. 석화, 차돌박이 구이, 거북손, 굴전, 대방어회, 부추 된장비빔밥, 김치말이국수. 그야말로 개인파산 신청 직전에 될 대로 되라는 식으로 사고 치는 가족처럼 주문했는데, 모든 음식과 피노 그리지오가 참으로 훌륭하게 어울렸다. 이 놀라운 음식 친화력은 독일의 리슬링과 더불어 타의 추종을 불허한다. 게다가 가격은 리슬링보다도 더욱 착하다. 그러니 어떻게 내가 애정하지 않을 수가 있겠는가.

어차피 2020년 내내 코로나 사태로 인해 은행 잔고가 위태위태한 데다 글쟁이 프리랜서에게는 보릿고개와도 같은 월동기가 다가오니, 당분간 무조건 저렴이 위주로 구입해야 한다. 와인 할인 리스트가 나오면 1만 원대 피노 그리지오 위주로 구매 계획을 세워 셀러의 빈 곳을 채워 버텨보련다. 상황이 좀 나아지기를 바랄 뿐이다.

보르도와 부르고뉴를
종종 헷갈렸다

보르도 5대 샤토의 기원

프랑스 남서부의 보르도는 와인 애호가에게는 너무나 유명한 프랑스 최대의 포도 재배지역이다. 와인 초짜 시절에 나는 보르도와 부르고뉴를 종종 헷갈렸다. 둘 다 프랑스의 대표적인 포도 재배지역인 데다가 발음도 '보'와 '부'로 비슷하게 시작하니 더욱 그랬다.

지금이야 두 지역의 차이를 대충은 안다. 부르고뉴는 피노 누아(레드 와인), 샤르도네(화이트 와인) 포도를 주 품종으로 와인을 만들며 섬세하고 우아한 풍미가 일품이고, 보르도는 메를로, 카베르네 소비뇽이 주 품종인 레드 와인을 주로 생산하는데 상대적으로 강한 타닌과 장기 숙성력이 돋보인다. 물론 보르도에서도 화이트, 로제, 스위트 와인 등을 생산하지만 전체 생산량 80%가량은 레드 와인이 차지하고 있다.

예전에 어디선가 어설프게 주워듣고는, 보르도의 '5대 샤토'가 독수리 5형제처럼 세계에서 가장 비싸고 좋은 다섯 와인인 줄로 착각한 적도 있다. 지금이야 5대 샤토보다도 높은 평가를 받고 가격도 더 비싼 레드 와인의 이름을 줄줄 읊을 수 있지만, 그럼에도 불구하고 보르도 5대 샤토의 대표성과 상징성 및 대중적 인지도는 쉽게 무시할 수 없다.

5대 샤토

샤토 라피트 로칠드 | 세전 107만 454원

샤토 라투르 | 세전 94만 4,090원

샤토 마고 | 세전 84만 8,937원

샤토 무통 로칠드 | 세전 78만 6,464원

샤토 오 브리옹 | 세전 71만 3,643원

*와인서쳐 앱 기준으로 가격 높은 순서

보르도 5대 샤토의 공식적인 기원은 1855년의 파리 엑스포로 거슬러 올라간다. 당시 프랑스 황제 나폴레옹 3세는 파리 엑스포에 최고급 보르도 와인을 전시하기 위해 보르도 상공회의소에 고급 와인을 따로 분류해달라고 요청했다. 보르도 상공회의소는 레드 와인의 경우 보르도에서도 지롱드강 좌안의 메독 지역 와인을 위주로 가격순으로 등급을 매겼는데, 그 이유는 해당 지역이 보르도 상공회의소의 관할이기 때문이다. 아무튼 보르도 전체 와인을 대상으로 등급을 매긴 것이 아니라는 점을 꼭 기억하자.

57개의 샤토(포도원)가 우수한 품질의 레드 와인으로 인정받아 그랑 크뤼로 지정되었으며(지금은 61개), 이 57개를 다시 1등급부터 5등급까지 5개의 등급으로 나눴다. 그중 1등급Premiers Crûs에 속하는 와인이 네 개였으니 바로 샤토 라피트 로칠드, 샤토 라투르, 샤토 마고, 샤토 오 브리옹이다. 어? 그런데 왜 5대 샤토냐고? 샤토 무통 로칠드가 118년이 지난 1973년에야 1등급에 합류했기 때문이다. 참고로 61개의 그랑 크뤼 레드 와인 중에서 1등급을 받은 샤토 오 브리옹(그라브 지역)을 제외하고는 모두 메독 지역의 와인이다.

나는 예전에 1855년의 등급체계가 보르도 와인 전체를 대상으로 한 분류로 착각해서, 페트뤼스, 르 팽처럼 5대 샤토보다 세 배 이상 비싼 보르도 와인이 왜 등급에 없는지 궁금했다. 앞서 얘기했듯 우리가 일반적으로 접하는 1855년 보르도 레드 와인 등급체계는 보르도 지역을 가로질러 흐르는 지롱드강의 좌안 지역, 그중에서도 메독을 중심으로 분류한다. 페트뤼스, 르 팽 등은 지롱드강 우안 지역에 위치했으며 그곳은 리부른Libourne 상공회의소의 관할이니, 1855년 등급체계의 대상이 아니다. 그렇기 때문에 등급에 없었던 것이다.

아무튼 1855년 당시 샤토 무통 로칠드는 1등급에 충분히 들 수 있을 정도로 유명하고 가격도 높았다. 하지만 1853년에 영국인 너새니얼 드 로스차일드Nathaniel de Rothschild 남작Baron이 이 포도원을 인수했기 때문에 자존심 강한 프랑스인들이 영국인 소유의 포도원을 1등급에서 제외했다는 소문이 있었다. 포도원의 옛 이름은 샤토 브랑 무통Château Brane Mouton이었는데, 너새니얼 드 로스차일드 남작이 인수한 후 명칭을 샤토 무통 로칠드로 변경했다. 로칠드는 로스차일드의 프랑스 발음이다. 음모론에 단골로 등장하는 그 로스차일드 가문 맞다.

그러면 샤토 라피트 로칠드도 로스차일드 가문 소유인데 어떻게 최고 등급이 될 수 있었느냐고? 나도 궁금해서 찾아보니, 로스차일드 가문의 제임스 메이어 드 로스차일드James Mayer de Rothschild 남작이 샤토 라피트 포도원을 구입한 해는 1868년이다. 그러니 1855년 등급 지정 때는 로스차일드 가문 소유가 아니었다. 게다가 같은 로스차일드 가문이어도 너새니얼은 영국 런던에서 태어났지만 제임스 메이어는 독일에서 태어나 프랑스에서 주로 활동했다. 알다시피 로스차일드 가문은 유태계 '다국적' 금융재벌이다. 어쨌든 우여곡절 끝에 1973년 샤토 무통 로칠드는 1등급으로 승급되었다. 이때부터 5대 샤토가 되었다.

사실 1855년에 제정된 등급체계가 변화된 현실을 제대로 반영하지 못한다는 비판은 꾸준히 있었다. 예컨대 샤토 랭슈 바주, 샤토 퐁테 카네의 경우 최근 매우 높은 평가를 받고 있으며 가격도 2등급 수준이지만 여전히 공식적으로는 5등급에 속한다. 현실에 맞게 등급을 조절하면 샤토 랭슈 바주나 샤토 퐁테 카네는 2등급 승급이 유력할 것이다. 하지만 하향 평가를 받은 와인의 경우 가격 하락이 예상되기 때문에, 샤토(포도원) 입장에서는 민감하고 예민한 문제다. 게다가 샤토 무통 로칠드가 118년에 걸친 갖은 노력 끝에 간신히 1등급으로 올라설 수 있었으니 얼마나 보수적인 분위기인지를 능히 짐작할 수 있다.

세계적인 와인 평론가 로버트 파커는 자신의 저서에서 1855년 등급체계는 실효성이 떨어진다며 지롱드강 좌안과 우안 지역을 포괄하는 자신만의 5등급 체계를 제시했다. 한편 런던국제와인 거래소London International Vintners Exchange는 1855년 등급체계가 가격을 기준으로 했음에 착안해, 최근 와인 거래가격을 기준으로 보르도 와인 등급을 재산정해 꾸준히 발표하고 있다. 관심이 있다면 런던국제와인거래소 홈페이지liv-ex.com에서 직접 확인이 가능하다. 참고로 지롱드강 좌안의 그라브 지역, 우안의 생테밀리옹 지역에는 나름의 등급체계가 있지만 그것까지 언급하면 피차 머리 아픈 상황이 초래될 수 있으므로 그냥 넘어가자.

그나저나 5대 샤토가 보르도 전체에서 가장 비싸지는 않다고 했던 것을 기억할 것이다. 그렇다면 보르도에서 가장 비싼 와인은 무엇일까? 역시 지롱드강 우안에 위치한 포므롤 마을의 그 위풍당당한 페트뤼스, 혹은 르 팽? 나도 얼마 전까지는 페트뤼스와 르 팽이 각각 1등, 2등인 줄 알았다. 둘 다 와인서처 앱 기준으로 해외 평균 거래가(세금 제외)가 400만 원에 육박하니 말이다. 병당 가격으로 5대 샤토를 합산해야 견줄 수준 아닌가. 그런데 가격으로 이 둘을 제친 보르도 와인이 있다. 바로 지롱드강 좌안 그라브 지역의 리베르 파테르Liber Pater라는 신생 와인이다.

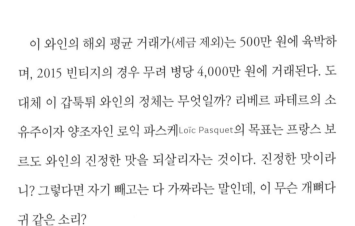

이 와인의 해외 평균 거래가(세금 제외)는 500만 원에 육박하며, 2015 빈티지의 경우 무려 병당 4,000만 원에 거래된다. 도대체 이 갑툭튀 와인의 정체는 무엇일까? 리베르 파테르의 소유주이자 양조자인 로익 파스케Loïc Pasquet의 목표는 프랑스 보르도 와인의 진정한 맛을 되살리자는 것이다. 진정한 맛이라니? 그렇다면 자기 빼고는 다 가짜라는 말인데, 이 무슨 개뼈다귀 같은 소리?

로익 파스케의 주장을 이해하기 위해서는 19세기 후반에 유럽 포도나무 대부분을 죽음으로 몰아넣은 진딧물의 일종인 필록세라를 언급하지 않을 수 없다. 앞서 언급했다시피 북미대륙에서 유입된 필록세라에 포도밭이 초토화된 프랑스에서는 이에 대응하기 위해, 면역력을 가진 북미 자생종 포도나무의 뿌리에 프랑스 포도나무 줄기를 접붙여서 농사를 짓게 되었다. 그 과정에서 자연스럽게 필록세라에 강한 품종만이 살아남고, 보르도 전통 품종들이 점점 포도밭에서 자취를 감추었다.

로익 파스케는 필록세라 유입 이전의 보르도 와인 맛을 재현하기 위해 접붙이기 방식이 아니라 뿌리부터 줄기까지 프랑스 본연의 포도나무를 이용하고, 심지어 과거 보르도의 포도 농사 방식을 현대에 재현했다. 19세기 보르도 와인의 진정한 맛을 느낄 수 있다고 하니 세계적인 부호들이 앞다투어 사들이는 와인이 되었는데, 수요에 비해 생산량은 극히 적으니 가격은 천정부지로 치솟았다.

리베르 파테르를 보면 바흐, 헨델, 하이든, 모차르트, 베토벤 시절의 소리를 재현하기 위해 악기부터 연주 주법까지 까뒤집는 깐깐한 시대연주가 떠오른다. 존 엘리엇 가드너, 니콜라우스

아르농쿠르 같은 음악가들이 큰 족적을 남긴 시대연주의 와인 버전이 리베르 파테르가 아닐까. 이것이 한때의 미풍으로 그칠지, 아니면 와인계의 혁명을 일으킬지는 결국 사람의 코와 혀에 얼마나 감동을 줄지에 달릴 것이다. 솔직히 궁금하긴 한데, 내가 리베르 파테르를 마시는 상황은 이번 생애에는 어렵지 싶다.

아참! 중요한 것을 하나 빠뜨렸네. 이전에 (보르도가 아니고) 부르고뉴 와인의 등급체계를 다뤘는데, 그때 부르고뉴에서 프리미에 크뤼와 그랑 크뤼 등급은 품질이 좋은 포도를 생산하는 '포도밭'에 부여한다는 점을 강조했다.

하지만 보르도의 경우는 포도밭이 아니라 샤토(포도원)에 등급을 부여한다. 이 차이는 매우 중요하다. 부르고뉴는 포도밭에 등급을 부여하기 때문에 그랑 크뤼 밭의 양조자가 다른 밭을 구매해서 와인 생산을 늘리더라도 해당 와인은 그랑 크뤼 등급을 받을 수 없다. 밭이 다르니까. 반면 보르도에서는 1등급 샤토(포도원)가 인근의 포도밭을 구매해 생산량을 늘리면 그 와인도 1등급으로 인정을 받을 수 있다. 밭이 아니라 해당 샤토에게 등급을 부여하기 때문이다. 이것이 부르고뉴 와인이 보르도 와인보다 훨씬 비싼 이유 중 하나다.

좌충우돌
슬기로운 와인 생활

책을 마치며 추천 와인4

맨땅에 헤딩. 내가 인생을 사는 방법이다. 대학교에서 전기공학, 대학원에서 반도체 소자를 전공하고 연구원으로 직장생활을 하다가 마르크스주의 책 쓰는 사회과학 작가로 전직할 때도 맨땅에 헤딩이었다. 우연히 만난 와인에 홀딱 빠져 이것저것 마셔댈 때도 맨땅에 헤딩이요. 턱없이 부족한 지식과 경험으로 와인 글을 쓸 때도 그야말로 맨땅에 헤딩!

수많은 와인 전문가의 글 홍수 속에서 살아남기 위해서는 어떻게 써야 할까? 그래! 맨땅에 헤딩하며 마셨던 상황을 솔직하게 드러내자. 누구나 처음부터 능수능란하게 마실 수는 없지 않은가. 나 스스로가 전문가의 지도 없이 좌충우돌 와인을 마셨으니, 초보에게 필요한 사항을 뼈저리게 체득하지 않았나. 그런 정보 위주로 가려운 데 긁어주는 글을 쓰면 분명 쓸모와 의미를 지닌 글이 되리라.

그렇게 이판사판 언론사에 연재한 글이 어느덧 책 한 권 분량이 되었다. 여러모로 부족한 초보 와인 애호가의 글임에도 마음이 넉넉한 출판인과 인연이 닿아 이렇게 여러분과 만나기 되니 감개무량하다. 여기까지 끌고 온 자체가 스스로 대견하지만 모든 일에는 시작과 끝이 있기 마련 아닌가. 더 이상 쓸거리가 없어 밑천 드러나기 직전인 지금이야말로 글을 마무리할 시점이다. 더 나가면 추해진다.

와인 글을 연재하던 기간에 국내 와인 소비는 놀라울 정도로 늘어났다. 언론 보도에 따르면 이마트의 와인 매출이 전년 대비 43% 상승하고, 롯데마트는 63% 늘었다고 한다. 이게 다 내 와인 글 때문이면 좋겠지만, 와인 업계 관계자로부터 거의 연락이 없는 것을 보니 내 글과는 인과관계나 상관관계가 약한 현상으로 분석된다. 나는 언제든 연락받을 준비가 되어 있었는데···. 그럼에도 불구하고 내가 한 표를 행사한 후보가 대통령에 당선되었을 때에 느끼는 정도의 뿌듯함은 가져도 괜찮지 않을까. 그 정도 기여는 했으니까.

앞서 다루고 싶었지만 구실이 마땅치 않아 제외됐던 와인 네 병을 추천하는 것으로 책을 마친다. 독자분들의 슬기로운 와인 생활에 조금이나마 보탬이 되었다면 더한 기쁨이 없겠다.

파스쿠아 소아베 Pasqua Soave

이탈리아 베네토 지역의 화이트 와인이다. 파스쿠아Pasqua는 제조사, 소아베Soave는 포도가 생산된 마을 이름, 사용되는 주

포도품종은 가르가네가^{Garganega}이고 트레비아노^{Trebbiano} 품종을 일부 섞는다. 집 근처 홈플러스에서 9,900원에 구매했는데, 입맛을 돋우는 상큼한 신맛이 인상적이며 해산물과의 궁합이 훌륭하다. 심지어 과메기를 우적우적 씹으면서 마셨는데도 그럴싸하게 어울리더라. 풍미가 강하지 않고 바디감도 상당히 묽은 편인데, 오히려 그래서 음식과 잘 어울린다. 1만 원대나 그 미만의 저가 와인에서는 만족스러운 놈들을 찾기 어려웠는데, 소아베 같은 이탈리아의 화이트 와인이 해당 가격대에서 만족도가 높았다. 내 와인 생활의 경제적 부담을 덜어준 이탈리아 저가 화이트 와인 만세!

뵈브 클리코 옐로우 라벨 브뤼 Veuve Clicquot Yellow Label Brut

샴페인 중에서 내가 가장 많이 마신 놈이다. 뵈브 클리코는 제조사, 옐로우 라벨^{Yellow Label}은 제품명, 브뤼는 달지 않은 스파클링 와인이라는 의미다. 앞서 언급했지만, 거품이 뽀글뽀글 올라오는 스파클링 와인이라고 다 샴페인은 아니다. 프랑스 샹파뉴 지방의 스파클링 와인만을 따로 샴페인이라고 부른다. 와인 내공이 높은 지인들도 뵈브 클리코를 극찬하던데, 나는 내공이 상당히 달리지만 그런 내 혓바닥에도 진심 맛있더라. 그러니까 누가 마셔도 그냥 맛있다는 얘기다. 비슷한 가격대의 여타 샴페인들과 비교해 섬세함과 우아함, 상큼함이 돋보인다. 보통 마트에서 7만 원대에 판매하는데, 간혹 6만 원대 할인가가 보이면 바로 한 병 구입하자. 혹시나 5만 원대가 눈에 띈다면 박스로 구입이다. 예전에 지인이 나에게 소곱창 구이에다가 이 샴페인을 사 준 적이 있는데, 얻어먹는 주제에 소곱창과 샴페인을 너무 빠른 속도로 흡입해 분위기가 어색해졌던 기억이 떠오른다. 인간의 눈치 코치 염치도 무력화시키는 뵈브 클리코의 위력이라니.

도멘 드 롬뷰 리브잘트 뱅 뒤 나튀렐 1958
Domaine de Rombeau Rivesaltes Vin Doux Naturel 1958

1958 빈티지이니 내가 마셨던 와인 중 최고령 되시겠다. 프랑스 랑그도크-루시용 지역의 와인인데 도멘 드 롬뷰Domaine de Rombeau는 제조사, 리브잘트Rivesaltes는 포도 재배 마을 이름, 뱅 뒤 나튀렐Vin Doux Naturel은 주정강화 스위트 와인이라는 의미다. 와인 제조 과정에서 브랜디를 첨가해 발효를 정지시켜, 알코올 도수가 높고(19%) 단맛이 난다. 집 근처 킴스 클럽에서 12만 원대의 가격으로 구매했다. 평소 마시는 와인보다 가격대가 높았지만, 세월의 흔적으로 호박색을 띤 이 액체로부터 가격 이상의 감동을 받았다. 달달한 디저트와 곁들이는 스위트 와인이라

한 번에 조금씩 여러 날에 걸쳐 마셨다. 첫날엔 알코올 향이 튀어서 다소 부담스러운 느낌이었는데, 며칠 뒤 다시 마시고 깜짝 놀랐다. 완전히 다른 와인이 되어 있는 것 아닌가. 병 속에 들어온 공기와 적당히 반응해 마시기 좋게 변한 것이다. 스위트 와인은 한 번에 한 잔 이상 안 마시는 편인데, 이날은 아내와 연속으로 여러 잔 마실 정도로 끝내줬다. 주정강화 와인은 며칠에 걸쳐 변화를 음미하는 게 좋다는 사실을 깨달은 순간이다. 코와 혀를 끊임없이 자극하는 그 우아한 단맛은 여전히 잊을 수 없다.

도멘 드 라 부즈레 부조 프리미에 크뤼
르 끌로 블랑 드 부조 모노폴 2016

Domaine de la Vougeraie Vougeot 1er Cru
Le Clos Blanc de Vougeot Monopole 2016

2020년에 마신 와인 중에 인상적인 와인을 단 한 병 꼽으라면 이놈이다. 프랑스 부르고뉴 지역의 화이트 와인인데, 도멘 드 라 부즈레Domaine de la Vougeraie는 제조사, 부조 프리미에 크뤼Vougeot 1er Cru는 부조 마을의 1등급 포도밭이라는 의미, 르 끌로 블랑 드 부조Le Clos Blanc de Vougeot는 밭 이름, 모노폴Monopole은 생산자가 포도밭을 단독으로 소유하고 있다는 뜻이다. 부르고뉴에서는 하나의 포도밭을 여러 생산자가 나누어 소유하는 경우가 많은데, 한 생산자가 단독으로 소유하는 경우에는 라벨에 모노폴이라고 표기한다. 김포 와인 아울렛 떼루아의 할인장터에서 19만 원대로 구입했다. 상당히 비싼 와인이지만 구매 가격의 두 배가 넘는 퍼포먼스를 보여주었다. 부들부들 매끌매끌 균형 잡힌 우아한 질감에다가 맛과 향기가 10분 단위로 끊임없이 변한다. 부드러운 버터 향, 은은한 훈제 향 등이 코를 휘감싸니 잔에서 코를 뗄 수가 없더라. 조만간 무리해서라도 다시 구매해 마셔볼 계획이다. 그만한 가치가 차고 넘치는 와인이다.

슬기로운 방구석 와인 생활

십계명

---

1. 한국은 가격 거품이 심하니 신중하게 구입하자.
2. 온도에 따른 맛과 향의 차이가 크니 적정온도에서 마시자.
3. 개봉해서 바로 마시지 말고 적절한 시간 브리딩을 하면 맛이 더 좋아진다.
4. 스월링하고 향기를 충분히 맡은 후 입안에 잠시 머금어 맛을 음미하자.
5. 와인의 진가를 느끼려면 어울리는 음식과 함께 마시자.
6. 가능하면 전용 잔에 따라 마신다.
7. 장기 숙성이 가능한 중고가 와인 외에는 오래 묵히지 말고 그때그때 마시자.
8. 두루두루 마시며 내 입맛에 맞는 포도품종과 와인을 찾자.
9. 생산지와 빈티지에 따른 품질의 차이를 이해하자.
10. 서늘한 곳에서 코르크가 마르지 않도록 눕혀서 보관하자.